CW00550968

Carla Signoris

Ho sposato un deficiente

 varia

Pubblicato per

da Mondadori Libri S.p.A.
Proprietà letteraria riservata
© 2008 RCS Libri S.p.A., Milano
© 2016 Rizzoli Libri S.p.A. / BUR Rizzoli, Milano
© 2018 Mondadori Libri S.p.A., Milano

ISBN 978-88-17-06410-1

Prima edizione Rizzoli: 2008
Prima edizione BUR: 2009
Quarta edizione BUR Varia: marzo 2021

Seguici su:

www.rizzolilibri.it   /RizzoliLibri   @BUR_Rizzoli   @rizzolilibri

Mrs Darwin
7 aprile 1852
Siamo andati allo zoo.
Gli ho detto:
«C'è qualcosa in quello scimpanzé
che mi fa pensare a te».

CAROL ANN DUFFY, *LA MOGLIE DEL MONDO*

Innanzitutto...

... il titolo può sembrare forte, voglio quindi subito chiarire: *deficiente* è participio presente del verbo latino *deficere*; *deficiente* nel senso di colui che *defice*: lacunoso, mancante; mancante di tutto ciò che è indispensabile per essere una donna. Naturalmente una cosa in più ce l'ha, ma giusto quella: la pancia!

Il giorno in cui il *deficiente* è diventato mio marito era magro, alto, moro, maschio. Io lo vedevo bellissimo e lui docile non mi contraddiceva: avevo sposato Sean Connery! Lo guardavo e mi sfregavo gli occhi, non potevo credere che quell'uomo *meraviglioso* fosse tutto mio.

Dopo un mese, un filo di pancetta già si intuiva fra la T-shirt e le mutande Cagi a costine, ma una nebbia d'amore nascondeva il profilo leggermente adiposo e le Cagi, altro che i banalissimi boxer, le Cagi erano così originali, così alternative e anche quelle così maschie!

Ancora oggi, dopo mille anni, ogni tanto mi sfrego gli occhi: non posso credere che tutta quella strabordante *meraviglia* sia mia.

In sintesi, il giorno del matrimonio ho pronunciato il fatidico «Sì!».

Due anni dopo, tempo necessario alla decompressione da innamoramento, la frase si è completata diventando: «Sì... HO SPOSATO UN DEFICIENTE!».

E oggi posso dire con certezza che non sono l'unica. TUTTE abbiamo sposato un *deficiente*, perché dopo un paio d'anni di convivenza, alcuni anche prima, i mariti sono tutti *deficienti* di qualcosa e noi mogli, ugualmente... tutte *carenti*, cerchiamo di farcene una ragione ridendoci su; con loro ridiamo di noi stesse... che mal li abbiamo allevati!

Io ho un ricordo bellissimo del giorno del mio matrimonio, ma solo dopo ho realizzato che quello è stato il più bel giorno della vita non mia, ma di mia suocera! E adesso, ogni volta che accenno alla possibilità di rispedirle il figlio a casa, lei sorridente risponde che la garanzia è scaduta. Forse non ha torto: in fondo anche le macchine giapponesi, che non si rompono mai, hanno una garanzia massima di cinque anni o centocinquantamila chilometri e, con il mio *deficiente*, di anni e chilometri ne abbiamo percorsi ben oltre la garanzia della casa costruttrice. Ogni tanto comunque, una revisione al motore male non fa.

Lo dico solo una volta e per piacere leggete lentamente perché non lo ripeterò più: il fine del termine *deficiente* non è l'insulto, ma è qui usato come semplice gioco di parole. Se come titolo avessi scelto *Ho sposato un imbecille*, l'intento ironico difficilmente sarebbe stato percepibile, soprattutto non ci sarebbe stato nessun gioco di parole. Oddio, mi sento come quelli che spiegano le barzellette!

Forse qualcuno abbozzerà un sorrisetto grato pensando: «Ma si può dire? Tuo marito non si offende?». No, mio marito non si offende: è *deficiente* ma obiettivo e sa che ho ragione. A volte fa persino autocritica: «È impossibile che tu continui ad amarmi nonostante tutto, deve essere grazie a un filtro magico che ti ha dato mia nonna!». Poi ride compiaciuto e pensa che lo amo ancora perché è irresistibile. È vera la prima: sono vittima di un sortilegio e attendo che venga un principe a risvegliarmi con un bacio. Per ora il bacio me lo dà il mio solito rospo, che a tratti mi sembra vagamente somigliante a Sean Connery con le Cagi; ma è sicuramente l'effetto della pozione della nonna!

Il *deficiente* con i figli, il *deficiente* in cucina, il *deficiente* in macchina... avrei materiale per scrivere la Treccani!

Saranno anche luoghi comuni, ma non è strano che, pur nella diversità, gli uomini abbiano tante peculiarità globalizzate, specie le peggiori? Il confronto con altre donne è una costante irrinunciabile: condividere la stessa barca aiuta a sfogarsi e buttandola sul ridere alla fine tante gocce – che farebbero traboccare non vasi ma oceani – si trasformano in moti, non diciamo d'amore che è troppo, ma di simpatia, e tutto diventa meno pesante.

Ho la sensazione che potremmo iniziare a contarci e io vorrei che *Ho sposato un deficiente* fosse il manifesto di un nuovo movimento. Parola d'ordine: «Premetto che amo mio marito...» dove *marito* sta anche per *compagno*, *fidanzato*, *partner* o come volete chiamarlo, e *amo* sta anche per *amavo, a tratti detesto, a volte non so cosa gli farei... ma mi trattengo!*

E, come dice Jim Carrey in un suo film, e cito Jim Carrey non a caso:

«Dietro ogni uomo c'è sempre una donna che alza gli occhi al cielo!».

I Fantastici Quattro

La mia famiglia è come tante altre: uno spettacolo. Fortunatamente non ci vede nessuno ma, se un giorno, per esempio, su un altro pianeta, apparisse dal nulla un cartello con scritto: «VI VEDO»!?!... Questa però, è una storia già scritta e da ben altro autore, anche se mi piacerebbe tanto scrivere una storia così. Pensandoci bene sono solo al primo capitolo, chi mi vieta di sterzare di 180 gradi, tagliare fuori il *deficiente* e partire per una tangente tutta mia? Anche a scuola andavo sempre fuori tema! È inutile fantasticare, non che io non mi senta all'altezza di Calvino, per carità, in fondo questo è il mio primo libro, vorrei tendere a quella leggerezza e non vedo perché dovrei aspirare a risultati più modesti... magari, però, la prossima volta, quando il mio protagonista avrà una fisicità meno massiccia, e un pensiero più metafisico; e poi non sono sicura che un personaggio tanto etereo mi piacerebbe come marito.

... MARITO? Ecco da dove ero partita!

Mio marito è il protagonista assoluto di questo spettacolo, tanto che il nome del suo personaggio è addirittura nel titolo. Casa nostra è il teatro e noi siamo i personaggi di un fumetto Marvel. Siamo i Fantastici Quattro.

Inizierò dai comprimari: i figli.

Due maschi ancora piccoli, ma con grandi potenzialità in nuce tanto che, se io dovessi seguire le orme della Alcott, il prossimo libro potrebbe intitolarsi *Piccoli deficienti crescono*. Per ora i miei piccoli non sono ancora pronti ad affrontare ruoli da protagonista, e inoltre voglio dar loro fiducia: in fondo non è detto che non riescano a riscattarsi dalle deficienze che la fragile condizione di maschi gli impone geneticamente.

Il primogenito ha nove anni e in qualche modo potrebbe ricordare Johnny Storm, la Torcia Umana: focoso, vivace, precocemente donnaiolo, egocentrico ma dal cuore d'oro. In tutto e per tutto vuole assomigliare al padre, tanto che babbino, felice di essere un modello da imitare, almeno per quello sprovveduto di suo figlio, ogni due per tre gli accarezza la capoccina e lo incoraggia amorevole: «Tranquillo figliolo, come papà anche tu a sedici anni sarai completamente calvo!». Il piccolo sorride contento e nell'attesa del lieto evento mi costringe a radergli i capelli a zero anche in pieno inverno.

Fisico scattante da sportivo, e vorrei vedere che a nove anni fosse già sovrappeso, la mia Torcia Umana è pure brillante negli studi, e vorrei vedere che non lo fosse in quarta elementare!

È anche molto sensibile e già adesso è per me un prezioso confidente. Alle volte temo che certi argomenti, tipo come rallentare l'arrivo della menopausa, non siano adatti a un bambino di nove anni, ma con qualcuno dovrò pur consigliarmi! E chi meglio di uno che non conosce il significato della parola menopausa?

Pur essendo di carnagione appena olivastra, mio figlio ha il ritmo nel sangue, per questo studia batteria ed è grazie alle percussioni che suona i tamburi anziché il fratello.

Il secondogenito ha sette anni e come Mister Fantastic è riflessivo, scientifico, deformabile che qui è inteso come adattabile, nel senso che dove lo metti sta! Dotato di un discreto temperamento artistico, per tutti è un bambino simpatico, sereno, autonomo, ma per me, finchè potrò, sarà solo Mister Morbidezza!

La goduria di sbaciucchiarmelo di notte, quando dorme e non si ribella, e tocchignarmelo dove voglio, anche dove non batte il sole... be'! Per me nulla al mondo è altrettanto soddisfacente. Nulla!

Come mi piace impastare quelle chiappettine rotonde, liscie, o snasare quel collino di seta purissima con l'odore tipico della caciottina rancida, i lobi di quelle orecchiette che ondeggiano cedevoli sotto il titillio delicato dei miei polpastrelli, quelle guance tenere tutte da mordere e quella boccuccia dolcissima, che solo per la mamma non è reato slinguare, e quel panciollino grassoccio ma non pingue, la magica sensazione di sfiorare il palmo, impalpabile più delle polveri sottili, delle sue manine paffute che ancora per poco avranno le fossette sul dorso, il languore che provo nel carezzargli il vasto mediale e il grande adduttore dell'interno cosciotto.

Infine, ultimo ma non ultimo, quel paccottino... più soffice del più morbido antistress!

Da questa descrizione, probabilmente non sono così evidenti le affinità fra il mio secondogenito settenne e Mister Fantastic. Per altri no, ma per me sì! Dimenticavo... Mister Morbidezza somiglia sputato alla sua mamma e suona anche il pianoforte!

Ma veniamo a lui, il protagonista assoluto, colui che per convenzione e con il suo consenso è qui amorevolmente detto il *deficiente*.

Mio marito, neanche a dirlo, è La Cosa, nel senso che non ci sono vocaboli per qualificarlo, oltretutto la sua struttura fisica è assolutamente simile a quella di Ben Grimm, La Cosa, l'Uomo Pietra.

Quando l'ho sposato era così fisicamente tonico e asciutto che il disegno della sua muscolatura ricordava gli studi anatomici di Leonardo da Vinci... solo un filo più voluminosi. Diciamo che, se Leonardo avesse studiato anatomia sul *cadavere* di mio marito, anziché sul corpo di un poveraccio malnutrito dell'epoca sua, oltre alla *Gioconda*, la prima *macchina volante* e il *palombaro*, oggi al da Vinci si potrebbe attribuire anche la paternità del fumetto della Marvel...

La ridico con altre parole perché avrete letto senza capire e mi rendo conto che questa libera associazione è un po' azzardata.

Dicevo, e leggete lentamente per cortesia: se Leonardo da Vinci avesse usato il cadavere di mio marito per i suoi studi anatomici avrebbe reso un grande servigio alla scienza, alla Marvel e a me.

Quegli stessi studi anatomici oggi non sarebbero altrettanto particolareggiati: strati di abbondante colesterolo uniformano quelli che una volta erano muscoli scolpiti e se Leonardo disegnasse il corpaccione di mio marito, oggi gli verrebbe fuori Jabba di *Guerre stellari*. Al da Vinci andrebbe comunque una paternità molto redditizia e l'invenzione de La Cosa resterebbe alla Marvel con relative royalties. L'unica a non guadagnarci sarei io che Jabba l'ho sposato!

Anche per altri aspetti mio marito assomiglia all'Uomo Pietra.

Di quando il deficiente di leggerezza cammina in punta di piedi

Mio marito spesso si alza di notte. Dato che è gentile non vuole fare rumore per non svegliarmi. Quindi per prima cosa accende la luce. Perché? Per vedere quando i piedi gli toccano terra! Metti che il letto durante la notte sia cresciuto, o il pavimento si sia allontanato, o le gambe si siano accorciate... lui è un tipo prudente!

Per accendere la luce, con una manata tira giù tutto quello che trova sul comodino svegliando non solo me, ma anche i condomini che hanno la camera da letto sulla stessa colonna della nostra. Io faccio finta di dormire per non dargli soddisfazione, ma quelli di sotto, che tengono la scopa in camera da letto, con tre colpi ringraziano immediatamente per la levataccia. Lavorano in banca, ma prima andranno a funghi, tanto ormai sono svegli!

Apro una parentesi per fare un quadretto di ciò che prima dell'accensione era in ordine sparso sul comodino e che dopo si trova in ordine sparso sul pavimento: dodici libri impolverati non letti, una bottiglietta d'acqua piena senza tappo, un tappo, una boccetta mezza vuota di Nux Vomica (rimedio omeopatico per i bruciori di stomaco assunto dopo il frugale pasto della sera consistente di sogliola bollita e insalata per stare leggero, e mezza teglia di melanzane alla parmigiana fredde da frigo che era un peccato lasciare lì), una tazza di camomilla mezza piena perché la Nux Vomica non ha fatto effetto, il Maalox perché neanche la camomilla ha fatto effetto, un orecchino mio scompagnato che non trovavo più e duecento figurine di *Dragon Ball* dei bambini senza elastico.

Una volta acceso l'abat jour non gli resta che scendere dal letto.

Pensa: «Accidenti alle alogene! Non vedo più un cazzo, ma almeno i fantasmi della notte sono spariti... ora mi abituo. Fammi vedere... il pavimento è un lago di camomilla, ma non dovrebbe essere tanto profondo perché è sempre lì quindi ci tocco, il bestemmione l'ho detto, sottovoce per non svegliare mia moglie, ma l'ho detto, i vicini puntuali hanno ringraziato! Guarda che casino che ho fatto, ma metto a posto domani perché ora mi scappa... vado in punta di piedi così quella lì non si arrabbia!». *Quella lì* naturalmente sono io che fingo di dormire, ma si vede benissimo che mi fumano le orecchie.

Come Armstrong, l'astronauta che per primo posò i piedi sulla Luna, il *deficiente di leggerezza* posa i piedoni rispettivamente: uno sul mio orecchino con cui si punge perché io ho i buchi nelle orecchie, l'altro sulla figurina plastificata di Gogeta-Dragon con cui surfa sulla camomilla. Indi cade pesantemente sul letto che ha la spalliera antica in ottone. Secondo bestemmione soffocato accompagnato dal rimbombo metallico della spalliera. Secondo ringraziamento dei vicini che si erano riaddormentati, ma meno male che c'è mio marito sennò addio funghi!

Io fingo sempre di dormire, ma dalle orecchie continua a uscirmi involontariamente un sacco di fumo.

Ormai si è abituato alla luce e agilmente può andare in bagno aggirando gli ostacoli. Gli zamponi si ri-posano a terra e il *deficiente* si esibisce in un *punta di piedi* dal letto al bagno, che al confronto Polifemo era una libellula!

L'articolazione della caviglia è bloccata dall'ispessimento delle arterie, causato dall'abuso di latticini e cibi salati. Quella del ginocchio pure, senza parlare dell'anca. I muscoloni della gamba sono duri come pietre... ma di sale grosso, ed ecco finalmente la somiglianza con l'Uomo Pietra della Marvel, La Cosa.

Riuscite a immaginare La Cosa che vuole catturare il cattivo Galactus e per sorprenderlo gli si avvicina di soppiatto? No! Perché La Cosa non è Gatto Silvestro e non conosce l'effetto sorpresa. La Cosa interviene solo alla fine, quando è tempo di distruzione, quando il convertitore di energia cosmica deve essere annientato, quando il dislocatore dimensionale deve essere scagliato nelle profondità dell'universo, quando l'intero condominio deve essere svegliato sennò finiscono i funghi! Ecco, mio marito cammina in punta di piedi come La Cosa e un movimento sussultorio di magnitudo 6 mette a dura prova l'antisismicità del palazzo e il cuore dei miei vicini, i quali, anche se ormai sono svegli, non andranno a funghi, ma a fare un'eco-doppler per sospetta cardiopatia.

Io nel frattempo ho smesso di fumare dalle orecchie

pregustando la vendetta. Aspetto che torni dal bagno e si distenda. Stringo i denti quando si siede sul letto e la spalliera nuovamente causa una magnitudo, ma non mi preoccupo dei vicini perché, dopo la prima scossa sono scesi in strada con le coperte e gli oggetti preziosi. Aspetto che il *deficiente* si rilassi e quando sta per prendere sonno finalmente gli urlo nell'orecchio: «MA SEI SCEMOOO?».

L'indomani mattina al reparto cardiologia ci saranno tutti i condomini, compreso mio marito. Nell'attesa di un'eco-cuore si terranno compagnia; potranno anche fare un'assemblea straordinaria e finalmente deliberare la sostituzione della vecchia caldaia che ci molla sempre quando la temperatura è sotto zero. Oppure, che è forse meno impegnativo, potranno decidere di cambiare la lampadina del pianerottolo al secondo piano che sono tre anni che è fulminata, ma per via dei costi elevati non ci mettiamo d'accordo se è meglio a incandescenza o a basso consumo. Forse però, riterranno più urgente organizzare un'esercitazione collettiva di evacuazione rapida del condominio in caso di sisma.

Parliamoci chiaro, se per dire che il deficiente non sa camminare in punta di piedi perché ha la leggerezza di un grizzly ci metto tre pagine, temo che questo libro verrà in più volumi.

Altra caratteristica che accomuna mio marito e La Cosa sono le *magnotte*. Le chiamo magnotte per far credere in un mio moto di simpatico affetto nei suoi confronti. Nulla di più falso perché, con la delicatezza di quelle sue magnotte, La Cosa con cui vivo ormai da anni, può provocare danni incalcolabili.

Del perché il deficiente defice in manualità e, come Ben Grimm, è un abile collaudatore

Le mani di mio marito sono di misura regolamentare se confrontate con la statura del soggetto che pure non è basso, quindi l'anomalia non è nelle dimensioni, né nella forza del suddetto che anzi, nonostante la possente fisicità, con fatica riesce ad alzare la tavoletta del water. L'anomalia è nella circonferenza delle dita. Prendiamo per esempio il dito indice della mano di un qualunque mortale. Sezioniamolo, nel senso di facciamolo a fette, parlo del dito naturalmente: il diametro di questa fetta di dito risulterà più o meno della stessa misura di una falange del dito stesso.

L'anomalia della magnotta di mio marito è proprio in questa risultanza:

«Il diametro della sezione di un suo dito è pari alla somma della lunghezza delle tre falangi del dito stesso».

Sono certa che a stento ricordate il teorema di Pitagora, figurarsi se avete capito il teorema della magnotta che purtroppo, per ora è solo teoria. Prometto che alla prima occasione dimostrerò anche praticamente l'esattezza della mia ipotesi affettandogli un dito e misurandone al millimetro il diametro della sezione. I risultati saranno pubblicati su una rivista scientifica di chiara fama o sulla cronaca nera del quotidiano locale.

Nell'attesa vi domanderete: cosa comporta nel concreto avere le dita cubiche anziché cilindriche? Ringrazio per la domanda.

Per esempio per il poveretto è impossibile effettuare chiamate con il cellulare, perché con un solo polpastrello schiaccia tutti i numeri contemporaneamente. Può ricevere, perché il tasto per rispondere è lontano dalla tastiera dei numeri e, se lo schiaccia con l'unghia, qualche volta ce la fa, ma non può chiamare; per questo motivo spende pochissimo di bolletta, e ciò lo autorizza a farmi notare che la mia bolletta è dieci volte più salata della sua. Che colpa ho io se le mie piccole dita mi agevolano l'uso del cellulare? Causa magnotte, anche il computer gli è precluso, e di questi tempi se non sei tecnologico cosa vivi a fare?

Per il poveretto è anche impossibile infilare un ago, ma fortunatamente di lavoro non fa la sarta. E neppure l'orologiaio, il cesellatore, il barbiere...

In conclusione, mio marito defice di manualità esattamente come Ben Grimm, La Cosa, l'unico personaggio dei Fantastici Quattro che non maneggia provette di vetro come i suoi compagni scienziati, ma fa il pilota collaudatore.

A modo suo anche il mio *deficiente di manualità* fa il collaudatore: se per esempio devo comprare un pelapatate, per provarne la robustezza lo faccio collaudare a lui. Il pelapatate che gli sopravvive è sicuramente il più resistente e della miglior qualità. Generalmente sono utensili tedeschi, già sperimentati nell'ultima guerra.

Un'altra caratteristica che accomuna indissolubilmente il mio *deficiente* e l'Uomo Pietra, è la scelta della biancheria: per entrambi l'intimo è Cagi, e se non ci credete riguardatevi il fumetto.

E ora tocca a me. Faccio una roba rapida perché sono stufa di teorizzare, voglio passare alla pratica: anche a scuola guida, la pratica era più divertente.

Che dire? Io sono la voce narrante di questo spettacolo di famiglia e ovviamente interpreto la Donna Invisibile, nel senso che appena posso sparisco dal parrucchiere che è l'unico luogo dove mi sento veramente in vacanza!

NOTA BENE: Il titolo di questo volumetto non è *I Fantastici Quattro* né mai più parlerò usando a paragone questi personaggi, perché non ho alcuna intenzione di versare diritti alla Marvel.

Detratte le spese per l'affitto della poltroncina del mio amico coiffeur, i proventi della vendita di questo libro saranno interamente devoluti a me e al mio analista.

Malattie

Contrariamente a quanto una lettura superficiale potrà suggerire, il paragrafo a seguire irride l'eroismo dell'uomo non in quanto marito, bensì in quanto maschio. Sarà anche un luogo comune, ma TUTTI I MASCHI SONO EROI DAVANTI AL DOLORE! E chissenefrega se sto generalizzando, non sono mica obbligata a fare dei distinguo perché sennò crolla un ponte: i miei sondaggi danno ragione a me!

Garibaldi per esempio, l'eroe dei due mondi, quando non era nell'altro mondo, a casa sua com'era? Vorrei chiedere ad Anita di raccontarmi di quella volta in cui «*Garibaldi fu-fferito, fu-fferito in una gamba...*».

Non sarà che la vera eroina era Anita, che per tutta la vita ha stirato le camicie rosse di uno che andava e veniva dall'altro mondo peggio che in albergo?

La storia, sostantivo femminile, parla sempre al maschile. La storia non ha spirito di corpo: il suo corpo è femmina, perché tutti siamo figli della nostra storia, ma il cervello è maschio, e infatti guarda che casino.

Geneticamente noi femmine abbiamo ventitré coppie di cromosomi XX, mentre loro, i maschi, hanno ventidue coppie di XX più una di XY; quindi la differenza fra il maschio e la femmina è nel gambetto di un cromosoma. Noi femmine abbiamo un gambetto in più. Lo dice la scienza, non io.

Quale invidia del pene? Sono loro che hanno invidia del gambetto!

I maschi, il quarto *gambetto* ce l'hanno in mezzo alle gambe. È per questo che lo sbandierano continuamente: per far vedere che il gambetto ce l'hanno anche loro! Controllano per vedere se è sempre al suo posto e, rassicurati, lo sventolano per dire: «Il gambetto è mio e lo gestisco io!».

I maschi italiani hanno il gambetto tricolore, mammone e geloso, che ostenta virilità. Gli americani ce l'hanno a stelle e strisce: macho, self-made, american-dream. Gli svizzeri, dato che hanno una croce sulla bandiera, anche sul gambetto ci hanno messo una croce sopra, e lo tengono chiuso nel caveau, protetto dal segreto bancario.

Ma non stavamo parlando di *deficienti di coraggio* di fronte al dolore? Calma, ci arrivo a bomba.

Fin da bambina mi hanno raccontato tutta quella storia del peccato originale, che siamo nati per soffrire e che io, in quanto femmina, avrei partorito nel dolore. Ed è proprio al parto che volevo arrivare, perché l'argomento mi sta qui. Io sono certa che se a partorire fosse il maschio e non la femmina, l'uomo avrebbe già trovato da millenni un sistema per non soffrire. E non dico un metodo tipo epidurale, perché comunque è un'iniezione nella schiena e piacere non fa; e neanche un pillolone da prendere per bocca gli sarebbe andato bene, perché lo sanno tutti che gli analgesici causano acidità di stomaco.

Sapendo di partorire, Adamo stesso, ancora con la

mela in bocca, si sarebbe messo a cercare un qualche antidolorifico antidoloroso.

Concludendo: se a partorire fosse l'uomo, da circa due milioni di anni la Asl fornirebbe legalmente e gratuitamente un analgesico in polvere... da sniffare!

Tornando quindi all'affermazione di partenza, vorrei ora completarla:

TUTTI I MASCHI SONO EROI DAVANTI AL DOLORE... DEGLI ALTRI!

Seguono dimostrazioni pratiche:

UNO
Lei è in bagno. Lui, sdraiato sul divano, guarda la televisione: Discovery Channel.
Lei: Amooore, a settembre diventerai padre per la seconda volta!
Lui: A settembre non posso: ho il torneo di calcetto!

DUE
Lei è in bagno. Lui, sdraiato sul divano, guarda la televisione: Formula Uno.
Lei: Amooore, mi accompagni a fare l'amniocentesi?
Lui: Perché? C'è sciopero degli autobus?

TRE
Lei è in bagno. Lui, sdraiato sul divano, guarda la televisione: spenta.
Lei: Amooore, l'amniocentesi dice che il feto è sano e femmina.
Lui: Pazienza che è femmina, ma almeno è figa?

QUATTRO
Lei è in bagno. Lui, sdraiato sul divano, guarda la televisione: finale di Champions League.
Lei: Aaaah! Amooore, aaah, presto! Devo andare a partorire... Aaaah!
Lui: Già che esci... fai benzinaaa!

CINQUE
Sala parto.
Lei: Aaaah! Ufff Ufff! Mhhhh! Ufff Ufff! Aaaaah!
Lui: Dottore, già che c'è: secondo lei, questa piaga che ho sul dito... è da telecomando?

Anni fa, quando gli nasceva un figlio, i padri erano fuori. A fumare. I tempi sono cambiati. Oggi, quando gli nasce un figlio, i padri sono dentro. Svenuti.

Di quella volta in cui il deficiente di coraggio fu operato al menisco

L'operazione al menisco, che io sappia, non è una delle più truculente e, salvo sfighe, non è neppure particolarmente rischiosa.

Già al prelievo di sangue per gli esami di routine, il *deficiente* era svenuto; oltretutto per andare in ospedale aveva indossato le scarpe nuove, quelle scamosciate color ghiaccio, costate una mensilità dell'asilo nido. Cadendo per lo shock alla vista dell'ago in vena, aveva trascinato con se l'infermiera e la butterfly che la suddetta manovrava. Risultato: la saletta prelievi si era trasformata in un mattatoio e, peggio, le scarpe nuove color ghiaccio (le prossime gliele compro testa di moro) adesso sono maculate bordeaux.

Con quel prelievo mi fu chiaro che, non solo non avevo sposato Sean Connery, come la pozione magica di sua nonna mi aveva fatto credere, ma il mio principe azzurro non era neanche di sangue blu come tutti i principi!

Alla fine dell'operazione era uscito dalla sala operatoria garrulo e cinguettante che nemmeno quando sono nati i suoi figli. Era felice per lo scampato pericolo perché è risaputo: l'operazione al menisco ha una percentuale di mortalità altissima: ne escono vivi solo 99,9 su cento! Dava del tu al chirurgo (mai visto prima), pacche sulle spalle al barelliere cantando «*Osteria numero nove...*», pacche sulle spalle alle infermiere e soprattutto mance che nemmeno Khashoggi perché: «È andato tutto bene ma non si sa mai, metti che mi venga un rigetto post-operatorio... meglio tenerseli buoni».

L'operazione al menisco si fa in endoscopia: massimo tre ore di degenza. Sdraiato sul suo lettino di dolore da meno di un'ora, seriamente chiese:

«Mi verranno mica le piaghe da decubito?».

Di quella volta in cui: «Sono reduce da un espianto!»

Sfatando sul nascere le immagini truculente che un simile titolo può suscitare, dirò che l'espianto subìto dal *deficiente di coraggio* era di una certa entità, ma si trattava pur sempre di un comunissimo intervento odontoiatrico.

Io ho la fortuna di non aver mai avuto gravi problemi ai denti, non voglio quindi minimizzare le sue sofferenze ma, per cruenta che sia, l'estrazione del dente del giudizio non è un espianto d'organo! Non lo è nella maggioranza dei casi, tranne che nel suo. Christiaan Barnard in persona, o almeno il suo spirito, guidò la mano dell'impavido chirurgo-dentista; un'équipe di anestesisti, ferristi, infermiere e un prete l'assistettero durante il travaglio. Prima dell'espianto, chiese persino il modulo per dare il suo consenso come donatore... di denti del giudizio.

Finalmente, dopo svariate caraffe di valium si sedò, e tutti i figuranti assoldati dal nostro astuto dentista andarono in pausa caffè, mentre lui in solitaria portava felicemente a termine l'estrazione. Nonostante il rischio dell'intervento, la forte fibra del neo-espiantato non cedette e, al risveglio, tornò a casa. In ambulanza.

La convalescenza trascorse come da manuale. Lui a letto avvolto in un candido sudario. La guancia destra gonfia da pesce palla espiantato, la guancia sinistra gonfia da pesce palla sovralimentato.

Io avevo affittato in una sartoria teatrale un completino da crocerossina, perché diversamente sarei stata accusata di sottovalutare il suo gravissimo stato di salute. Mi aggiravo per casa, portandogli frullati ipervitaminici di frutti esotici e brodini iperproteici di animaletti rari. Per poterli deglutire facilmente, il convalescente mi aveva mandato in cerca di cannucce sovradimensionate: praticamente degli imbuti. Cannucce da bibita, col diametro che pretendeva lui, ovviamente non esistono. Per non scontentarlo mi ero quindi ingegnata con un tubo Innocenti da impalcature che, tagliato della giusta lunghezza e truccato a righe vivaci, era riuscito a dargliela a bere... nel vero senso della parola. Con la scusa di doversi riprendere dalla debolezza post-operatoria, durante la convalescenza ha bevuto tante vitamine e proteine liquide che il suo sistema immunitario avrebbe fatto invidia a Hulk!

Dopo un tale intervento, l'espiantato non poteva certo uscire di casa: non si sa mai un capogiro. Per vincere il senso di claustrofobia, aveva quindi iniziato a scrivere un libro di memorie dal titolo: *Lemieprigionidisilviopellico*. Tutto attaccato.

La sua parlata, prima pulita e precisa, con tutto quel Valium era cambiata: le ESSE erano EFFE, le ERRE erano EVVE, le TI e DI erano sputi.

Parlava come la mia prof di italiano delle medie buonanima che, dopo un'estate di dieta, aveva perso venti chili e, quando a ottobre era tornata a scuola, anche la dentiera le stava larga. Da quel momento le sue letture di Dante fecero più ascolto di quelle di Benigni.

Con la nuova parlata, l'omaccione indebolito faceva una gran tenerezza ed era anche più simpatico di Provolino, ma le coccole della sua famiglia, più che affetto, a lui sembravano prese per il culo. Decise allora di comunicare con noi scrivendo su post-it gialli con cui cominciò a tappezzare la casa.

Mentre i bambini e io eravamo a tavola, aggirandosi per la cucina armato di matita e foglietti, scriveva e attaccava sul frigo le sue riflessioni:

STASERA PIZZA? COSA FESTEGGIATE?
MASTICATE BENE, VOI CHE POTETE!
ME NE FRULLI UNA FETTA?

Poi, per vincere la fame ingurgitò sei integratori completi dalla A allo Zinco, e in preda all'euforia da ipervitamini-mineralizzato, scrisse:

ME NE FREGO DEI CONSIGLI DEL DENTISTA.
FACCIO UN'ORETTA DI CYCLETTE!

Indossò la tutina professionale da ciclista gialla e nera, quella con cui di solito affronta in bici la salitina con-dominiale e allacciò il cardio-frequenzimetro a mo' di cilicio, per controllare l'eventuale infarto. Lo sforzo per la vestizione da Ape Maia gli procurò un fiatone di tipo pornografico e il pulsare della ferita. Dato che, come la maggior parte dei suoi simili, è *deficiente di coraggio* ma non di ipocondria, a quel punto subentrò l'ansia:

SENTO CHE LA FERITA NON SI STA RIMARGINANDO...
IL SANGUE NON COAGULA...
LA BOCCA SI INFETTA E MI VA IN SUPPURAZIONE...
IL PUS MI NECROTIZZA LA GUANCIA
E FRA POCHE ORE MARCIRÒ COME UNO ZOMBIE...
FORSE PREFERIREI MORIRE
SOFFOCATO DA UN'EMORRAGIA!
BAMBINI, CHI DI VOI DUE
HA IL GRUPPO SANGUIGNO DI PAPY?

La mattina dopo il convalescente era ancora più prostrato. Invece di dormire, per tutta la notte aveva pensato a come porre fine alle atroci sofferenze che la sua incontrollabile ipocondria gli suggeriva e, mentre uscivo per una com-missione, scrisse:

PER PIACERE, COMPRAMI:
«TOMBE E CASALI», «MORIRE OGGI»
E «LA GAZZETTA DELLO SPORT».
VEDI SE IN FARMACIA HANNO
DEL CIANURO EFFERVESCENTE,
CHE È PIÙ FACILE DA DIGERIRE.
POI CHIAMAMI IL FALEGNAME
PERCHÉ VOGLIO METTERE UNA TRAVE IN SALOTTO
E FAI VENIRE IL MAESTRO DI VELA DEI BAMBINI:
NON MI RICORDO PIÙ COME SI FA IL NODO SCORSOIO.
AH! COMPRAMI UNA FUNE DA ALPINISTA.
NON RISPARMIARE, COMPRALA RESISTENTE,
CHE SE SI ROMPE PRIMA DEL TRAPASSO
MI FACCIO SOLO MALE E NON RAGGIUNGO LO SCOPO.
SCUSA, PERCHÉ ABBIAMO IL FORNO ELETTRICO,
ANZICHÉ A GAS?
BAMBINI, RISOLVETE QUESTO PROBLEMA:
SE UN PALAZZO HA 4 PIANI
E OGNI PIANO È ALTO METRI 3,50,
QUANTO TEMPO IMPIEGA PAPY
PER RAGGIUNGERE IL MARCIAPIEDE
SENZA USARE NÉ SCALE NÉ ASCENSORE?

Poi s'immerse nella lettura dei classici cercando lo spunto per un necrologio soddisfacente, che io avrei dovuto pubblicare a sua memoria in caso di esito post-operatorio infausto:

ROMEO, MIO UNICO AMORE
AH! BENEDETTO PUGNALE! IO SARÒ LA TUA GUAINA
NEL MIO PETTO ARRUGGINISCI E UCCIDIMI
SEMPRE TUA, GIULIETTA INCONSOLABILE.

Prese spunto anche dalla cronaca e la adattò al suo edonismo:

VEDOVA DISPERATA SI SUICIDA MANGIANDO
OSTRICHE SCADUTE

... e al suo narcisismo:

SOPRAFFATTA DAL DOLORE SI FA SEPPELLIRE
CON IL CADAVERE DEL MARITO:
VIVA!

Grazie all'espianto di quel dente del giudizio, oggi so quanto è forte il suo amore per me: non può immaginarmi lontana, neppure dopo l'estremo saluto. O forse ha solo paura del buio nell'aldilà, come ce l'ha nell'aldiquà!

NOTA BENE: Meno male che le tonsille gliele hanno *espiantate* da piccolo... Non voglio immaginare i gusti di gelato che mi chiederebbe adesso!

Eleganza

Mio marito ha un concetto di eleganza molto personale. Come tanti uomini di temperamento pensa che *essere alla moda* sia inutile, deprecabile e ancor peggio evidente manifestazione di mancanza di carattere. Secondo questo concetto, se vogliamo un po' estremo, ogni mattina *esso* apre l'armadio e sceglie la *mise* più appropriata alla giornata.

Il guardaroba invernale è quasi indolore: niente camicie che lo soffocano, meglio tante belle polo scure, molto scure, anzi nere, tutte nere o blu notte, che è come dire nere. I pantaloni sono di tre tonalità: beige, nero e blu, sempre notte. Tutti di foggia rigorosamente identica perché, trovata la forma giusta, cosa che ha richiesto un tempo molto vicino a quello necessario alla ricerca del Santo Graal, da lì non ci si è mossi più, tanto che alla Incotex potrebbero anche usarlo come testimonial, se non fosse che la taglia 56 non è poi così commerciale.

Sempre per la stagione invernale: numero 6 maglioni di cachemire con i buchi che, come dice lui «È cachemire, ma di sinistra» e due paia di Tricker's da alternare a seconda delle condizioni climatiche, il che significa che pure le scarpe sono identiche, e trovata la forma... che bisogno c'è di cambiare il colore?

L'intimo è Cagi, da sempre. No comment!

Poi arriva l'estate. Basta colori scuri. Il bianco è così *scic*!

Di quella volta che...

Domenica di fine maggio. Bellissima. Le scuole non sono ancora finite ma ormai manca veramente poco.

Dopo la doccia a sguazzo, il *deficiente di senso estetico* staziona in mutande davanti all'armadio spalancato.

«Oggi mi metto una bella camicia di lino bianca, di quelle che mi ha fatto fare quella poveretta di mia moglie, così è contenta. Me le ha fatte fare con le iniziali MC, che significa Mia Camicia, ma non sono mica scemo, lo so che quelle camicie sono mie, i miei figli non hanno la taglia 56!»

Mentre concepisce simili illuminanti pensierini, il *deficiente* tocca con le magnotte delicate tutte le camicie stirate. «Sotto la camicia ci metto una bella T-shirt, ma non bianca, che altrimenti non c'è stacco. Me la metto nera che sfina e poi faccio come in inverno: m'infilo la T-shirt nelle mutande così sta ferma e non prendo freddo ai reni, che oggi si suda. Basta uno spiffero e mi viene il colpo della strega!»

Con le magnotte ha finito di stropicciare tutte le camicie senza però decidere quale mettere, così riparte a stropicciare nel senso contrario: «Quella là» che sarei io, «dirà che il lino bianco è sottile e che in trasparenza si vede la scritta Cagi dell'elastico delle mutande e a lei il ti-vedo-non-ti-vedo fa schifo... ma me ne frego perché ora quella là non c'è!».

Nonostante la giornata si preannunci bellissima, fa ancora freschetto quando alle 7 e 45 esco furtivamente di casa con il mio secondogenito addormentato in braccio. Sfrecciamo a ottanta all'ora sull'autostrada diretti all'outlet, dove prevedo di lasciare un paio di mensilità di mutuo. Il bambino, che continua a dormire sdraiato dietro, indossa un pigiamino tanto bello che quasi quasi glielo metto pure per la comunione del fratello. Gliel'ho scientificamente infilato ieri sera progettando la fuga. Diabolicamente gli ho portato anche il Game Boy per quando si sveglia. Sono una vera volpe!

Non ho detto a nessuno dove andavo per paura che mio marito si aggregasse: precauzione inutile, perché è sufficiente la parola «outlet» per farlo evaporare. Ma metti che oggi, vista la bella giornata, gli fosse punta vaghezza di seguirmi solo per rovinarmela? La prudenza non è mai troppa. Per tranquillizzarlo gli ho lasciato in cucina un vago biglietto con scritto che il piccolo è con me, altrimenti quello mi sguinzaglia dietro i carabinieri.

Il *deficiente* è ancora in mutande davanti all'armadio spalancato. Ora indossa una camicia di lino bianca con sotto la T-shirt nera infilata nelle mutande, i calzini di spugna e le scarpe ginniche ai piedi, ma ancora niente pantaloni.

Tocchignando tutto quello che c'è nell'armadio, continua a pensierinare: «Le braghe estive dove me le ha nascoste quella là? Sai che fo? Invece di tirare fuori tutto il guardaroba, ne tiro fuori solo un po'. Se non trovo subito i pinocchietti bianchi dell'anno scorso che mi piacevano tanto, mi metto i calzoni che avevo su ieri, così la poveretta non si arrabbia... però posso arrabbiarmi io con lei che esce senza dirmi cosa mi devo mettere!».

Mio figlio finalmente ha smesso di piangere. Quando siamo arrivati all'outlet e l'ho svegliato, ha riconosciuto il pigiamino che aveva indosso e si è messo a frignare. Come sono omologati i bambini di oggi: si vergognava di scendere dalla macchina in pigiama. Devo ricordarmi di fargli vedere in qualche fotografia come mi vestiva mia madre da piccola. Anche se figlia unica, fino a vent'anni ho riciclato gli abiti smessi delle mie cugine che erano tutte più grandi di me. Lo stile *vintage* l'hanno inventato mia madre e le mie zie.

Un pigiamino bello come quello che ha su oggi mio figlio, io me lo sarei messo per uscire col fidanzato, altro che alla comunione del fratello.

Poi, colpo di genio! Gli ho fatto visitare il reparto uomo del negozio di Cavalli. Si è convinto della sobrietà del suo pigiamino, ha smesso di piangere e adesso è seduto in vetrina che gioca sereno con il Game Boy.

Io sto provando in camerino un firmatissimo pantaloncino a pinocchietto che ha un prezzo irrinunciabile. È di tre collezioni fa, ma sempre attuale. Ogni tanto sbircio la vetrina per controllare che non mi rapiscano il figlio.

Una tizia che mi sembra di conoscere, ma non so dove collocare, sta girando qui intorno come un avvoltoio, e non ho ancora capito se le interessa il mio bambino o il mio pinocchietto. È più probabile il secondo: sono certa che appena lo appoggio, quella me lo frega. Glielo lascerei solo per il gusto di umiliarla... con quel culone dove pensa di andare... altro che Pinocchio, la prenderebbero per la balena!

«Non trovo gli adorati pinocchietti.» Dice mio marito sempre in mutande davanti all'armadio spalancato. «Vuoi vedere che quella là me li ha buttati? L'ha sempre detto che le facevano schifo. E allora le mando un sms di insulti e dichiaro guerra!»

Digita il messaggio sul cellulare e, ancora in Cagi, aspetta la mia risposta che non arriva. Quindi conclude: «Mi ti neghi? E guerra sia: mi metto i calzoni beige, quelli nuovi, gli unici belli, quelli con cui devo andare domani al pranzo di lavoro, e con quelli vado giù nei rovi a prendere il pallone dei bambini che è tanto che me lo chiedono».

All'outlet di Serravalle mi ha raggiunto un sms di mio marito: pare che siano spariti i pinocchietti bianchi, quelli che lui mette con i calzini bianchi di spugna, le scarpe bianche da ginnastica e la camicia bianca di lino con sotto la maglietta nera infilata nelle mutande che poi si vede la scritta Cagi e a me vestito così fa orrore perché mi sembra un boy-scout scolorito.

Per festeggiare la scomparsa del pinocchietto *suo*, compro il pinocchietto *mio*! Non me lo metterò mai perché odio i pinocchietti. Me lo dimenticherò nell'armadio e lo ritroverò al prossimo trasloco ancora con l'etichetta attaccata. Visto il prezzo di oggi, nonostante l'outlet e l'inflazione, mi sembrerà carissimo anche fra dieci anni. Un pessimo investimento, visto che fra dieci anni sarà di dominio pubblico che i pinocchietti stavano bene solo a Audrey Hepburn e Jaqueline Kennedy, ma non ho saputo resistere. L'ho comprato per dispetto: la culona mi stava troppo addosso! Intanto mio figlio sta seduto in vetrina col Game Boy. Il mio cucciolo è bravissimo a fare shopping: quando mi provo qualcosa e gli chiedo un'opinione, butta un occhio e fa sì o no con la testa. A lui i pinocchietti piacciono. Mi sono fidata perché di solito ha buon gusto. Temo però che anche su di lui abbia influito il pressing della culona. Chissà se mio figlio si ricorda dove l'abbiamo vista...

Il *deficiente di pinocchietti*, vestito dei calzoni beige nuovi, gli unici belli, quelli con il cavallo non ancora liso, in mezzo ai rovi ha trovato sei palloni. Uno era finito addirittura nel torrente: «Poveri bambini... se non ci fossi io!» pensa il salvatore della patria. «Mentre quella là è sicuramente dal parrucchiere, perché anche se è domenica il suo coiffeur è aperto, io cucino qualcosina e con mio figlio grande ci facciamo un bel pranzetto fra uomini... Mamma ha lasciato pronte cotolette e patatine? Che schifo, tutti quegli olii insaturi. Faccio io una bella tartare di tonno crudo su un letto di pomodorini pachino. Vedrai figliolo come ti piacerà! Accidenti come schizzano i pomodorini quando li taglio, e che pesce sanguigno che è il tonno!... guarda come è ridotta la mia camicia: con tutte queste macchie rosse potrei farci il test di Rorschach a mio figlio, così gli sviluppo la fantasia e intanto capisco se ha delle turbe del comportamento... magari per colpa della mamma! Figliolo, non è pesce morto, è tonno crudo. Non fare come tua madre che di cibo non capisce niente; almeno assaggia. È una prelibatezza più trendy del sushi! Non ti piace?... Allora prima ti fo una bella macedonia di frutta che lava lo stomaco. Lo sanno tutti che la frutta va mangiata a stomaco vuoto, tutti tranne tua madre che fa la tinta mentre io sono qui a snocciolare ciliegie che mi scoppiano sui calzoni beige nuovi. Peggio per lei, così impara a uscire quando cucino! Certo che è una bella menata sbucciare le nespole, per non parlare dei fichi d'india... sai che fo, niente macedonia, per una volta che salti la frutta figlio mio, non morirai certo per avitaminosi. E poi io sono ridotto che è uno schifo, vado a farmi una doccia e mi cambio. Amore, se ti porto al McDonald's a chi vuoi più bene: a me o alla mamma? Aspetta che prima di uscire le scrivo un bigliettino...»

Oltre al pinocchietto, all'outlet di Serravalle ho comprato due foulard, uno per mia madre e uno per mia suocera. Anche se sono dell'anno scorso loro non se ne accorgeranno, perché nessuna delle due usa i foulard e li regaleranno a qualche amica senza neppure aprire il pacchetto. Le amiche li regaleranno ad altre amiche e prima o poi qualcuno regalerà a me un foulard che io subito rigirerò a mia madre. Chissà se con la mia memoria riconoscerò il pacchetto?

A proposito di memoria... mi sto scervellando, ma non riesco a ricordare dove ho conosciuto la culona. Pazienza, tanto ormai il pinocchietto è mio!

In fondo la poverina non era neppure antipatica: io pensavo che volesse rapirmi il figlio e invece voleva solo comprare il pigiamino che aveva addosso. E non aveva neanche torto: il mio bambino era seduto in vetrina.

Mi ha fatto sentire mamma di tendenza!

NOTA BENE: Appena è salito in macchina per tornare a casa, mio figlio si è addormentato e non ho dovuto svegliarlo neppure per metterlo a letto perché era già in pigiama. A volte so essere veramente astuta!

NOTA BENE BENE: Sul tavolo della cucina ho trovato un biglietto di mio marito:

CONFERMO: DALLA CAMICIA DI LINO BIANCA SI VEDE
L'ELASTICO DELLE MUTANDE CON SCRITTO CAGI!
COME L'AVVOCATO AGNELLI
PORTAVA L'OROLOGIO SOPRA IL POLSINO,
IO PORTO LA MUTANDA SOPRA LA T-SHIRT.
QUALCOSA IN CONTRARIO?

Weekends

Tutti gli appassionati di calcio si sentono Ct della Nazionale, nel senso che tutti hanno un'opinione sulla formazione che andrebbe schierata in campo per vincere, contrariamente alle convocazioni fatte da quell'*incapace* del commissario tecnico di turno. Oppure tutti siamo assessori al traffico, nel senso che tutti abbiamo un'opinione su quale dovrebbe essere il senso di marcia di una certa strada, e non come l'ha cambiata quell'*incompetente* dell'assessore che adesso in città non ci si muove più. Nello stesso modo, tutti siamo architetti in casa d'altri!

È divertente immaginare come noi avremmo ristrutturato la casa degli amici Tizio, che hanno messo la cucina tanto lontana dal terrazzo che mai faranno una cena all'aperto d'estate, senza prima dotarsi di carrello-portavivande motorizzato. Per non parlare del coraggioso pavimento che i Caio hanno scelto per il soggiorno: un grès-porcellanato-finto-cotto-stile-vecchio-Tirolo, inguardabile ovunque, figuriamoci nel centro di Milano.

E l'amico Sempronio? Ha comprato casa a una cifra impensabile, eppure la considera un vero affare. Ovviamente al primo invito è d'obbligo elogiare i pregi dell'acquisto: «È tua o dell'architetto l'idea di mettere le stanze da letto con l'affaccio sul cavedio! Grande soluzione, almeno la zona notte è silenziosa! Al giorno d'oggi si hanno così tanti impegni che in camera si va solo per dormire. Pazienza se la mattina spalanchi la finestra e il dirimpettaio ti sbatte in faccia i tappetini del bagno: una stretta di mano e i buoni rapporti col vicinato sono salvi. Che è pure comodo: la volta che ti dimentichi la luce accesa, allunga il braccio e te la spegne lui! E che splendida vista a 360 gradi! L'inceneritore da una parte e lo svincolo dell'autostrada dall'altra. Che ti frega della tosse, con tutti gli amici medici che hai, la Tac ai polmoni te la fanno gratis!».

Meglio ancora sparlare amabilmente delle case degli amici in loro assenza: è stimolante, creativo e risolve una serata. E poi malignare costa poco sia in fatica che in denaro.

Il problema nasce quando l'architetto mancato, mio marito, vuole dar sfogo alla creatività in casa sua, che poi è anche *mia*.

È sufficiente un noioso weekend di pioggia!

Di quando piove e lui diventa architetto

Alle dieci del sabato mattina, dopo la colazione che ha sbranato smandibolando direttamente dentro il frigo per non farsi vedere – il quotidiano l'ha già letto, tanto è uguale a quello di ieri: bastano i titoli e le figure – il mio Sean Connery (o quel che resta dell'Adone che credevo di aver sposato) si aggira per casa in T-shirt e Cagi con aria pensosa. I casi sono due: o sta pensando di evacuare o sta partorendo una nuova brillante idea. Qualunque sia la risposta, il fine ultimo è lo stesso! Data la giornata uggiosa, espletata la prima, resta valida la seconda ipotesi.

«Amoreeeee... e se spostassimo la cucina in salotto, e dove ora c'è la cucina facessimo la camera di tua madre, che se muore è anche più vicina all'ingresso di servizio e la bara sul montacarichi non serve neppure metterla verticale, che poi il cadavere si ammucchia sul fondo ed è un casino se si irrigidisce accartocciata?» Fingo di non sentire le sue odiose spiritosate su quella santa donna di mia madre. Fa una pausa in attesa di una mia reazione, che ovviamente non gli offro, quindi continua: «Amoreeeee... a parte gli scherzi, secondo me la vasca da bagno è obsoleta. E se la sostituissimo con una bella doccia-bagno-turco dotata di nuoto contro corrente, sauna e calidarium con triclinio? Dai, che poi facciamo la doccia insieme... e ci divertiamo!».

Prima osservazione: le terme di Saturnia ci stanno in tre metri per quattro?

Seconda osservazione: quand'è che gli cala il testosterone e si rilassa, che ogni volta che andiamo a letto e spegne la luce spero che gli venga un microinfarto che me lo sedi fino al mattino? Perché io alla sera sono stanca, come glielo devo dire: rantolando? Ma questo è un argomento che meriterebbe un capitolo a sé, se non temessi ripercussioni legali.

Come gli è venuto in mente che la vasca da bagno non serve? Ma se è la mia unica fonte di gioia immergermi, testa compresa, quasi tentare il suicidio per annegamento, pur di isolarmi dalla sua amorosa, ma troppo assidua presenza!

Non faccio neppure in tempo a pensare una risposta convincente, sintetica e non offensiva come quella che l'impulsività mi suggerirebbe, che lui ha già chiamato l'amico geometra-impresario-edile.

Apro una brevissima parentesi sull'amico geometra. Un caro ragazzo, non c'è che dire, spiritoso, simpatico e di bella presenza. Ma deve essere proprio sfigato se il sabato pomeriggio non ha di meglio da fare che dar retta agli istinti architettonici di mio marito. Non ce l'ha una famiglia da portare in gita? Un hobby tipo giocare a bocce? Una semplice influenza con rischio complicazioni che lo costringa in casa? Evidentemente la famiglia preferisce andare in gita senza di lui, non ha uno straccio di interesse, ma in compenso ha una salute di ferro.

All'ora del caffè il *deficiente di laurea in architettura* e l'amico geometra si aggirano per casa *mia* con le tazzine in mano sgocciolando i cucchiaini sul parquet, con l'aria ispirata che avevano Renzo Piano e Richard Rogers mentre realizzavano il Beaubourg.

In un uggioso sabato pomeriggio, che io volentieri avrei dedicato a mettere a posto la dispensa, o al cinema, o persino a del banalissimo sesso, l'amico geometra convoca due gentili demolitori senza famiglia, senza interessi e con salute di ferro, perché lui assume solo collaboratori a sua immagine e somiglianza.

All'ora della merenda i demolitori iniziano a distruggere il mio bagno. All'ora di cena finiscono. Anche i miei bambini ci avrebbero messo un pomeriggio. Ma i demolitori, che al sabato sono insperabilmente liberi, il lunedì hanno altri venti cantieri aperti prima del mio.

Risultato: due mesi dopo ancora aspetto il muratore, perché oltretutto, per il *deficiente-architetto*, una doccia è bella solo se impreziosita da mosaico 1mm x 1mm. e quindi non basta un normale piastrellista, ci vuole come minimo un cesellatore, anzi meglio, un orologiaio!

NOTA BENE: Ora in casa abbiamo un numero cospicuo di docce ma niente vasche da bagno. Quando voglio rilassarmi, caccio la faccia in un catino d'acqua calda profumata al vetiver e trattengo il respiro sperando di morire soffrendo il meno possibile.

Di quando io ho un programmino che non lo comprende

«Amooore... dato che sei tanto stanco per il lavoro, perché non vedi i tuoi amici e ti distrai un po'? Forse hai voglia di sentirti libero, magari giochi a tennis senza avere fra i piedi noi che siamo così rumorosi... Questo weekend, per farti riposare, pensavo di portare i bambini a casa di Patti in campagna. Siamo il solito gruppetto di mamme con figli. Le previsioni hanno detto che il tempo sarà bello, così i bimbi possono stare all'aperto e non davanti alla PlayStation. Eh, che ne pensi, eh!?!»

Voglio essere convincente e generosa, ma temo che

nella mia voce strida l'eccesso di comprensione nei suoi confronti, in fondo mica lavora in miniera!

«Sì, cara, andate pure a divertirvi, voi che potete, tanto ci penso io a mantenervi con il sudore della mia fronte. Sono così stanco. Questa settimana il carbone era tanto, tanto pesante, sai!!! Lavorare in miniera richiede sacrificio, fatica, sudore. È un lavoro sporco, ma lo faccio pensando a te e ai bambini, al vostro benessere e così mi è più facile sopportare umiliazioni e buio!»

Mi sbagliavo, oggi è minatore! Senza che se ne accorga mi ritiro in bagno a vomitare.

Comunque ha abboccato: ha detto «andate pure» quindi la mia offerta, almeno sulla carta, gli è suonata allettante. Fantastico: un intero weekend con le amiche a bere tè corretto Negroni e a sparlare di lui e degli altri mariti minatori. Ma soprattutto a consolare la povera Sonia.

Sonia è una del gruppo mamme che si è separata da poco. Noi, le sue amiche del cuore, non vediamo l'ora di dimostrarle la nostra amicizia svelandole, finalmente, i particolari più crudi della travolgente relazione del suo ex marito con l'*altra*. Abbiamo gelosamente custodito il segreto per tutto l'inverno, commentando solo in sua assenza per non ferirla: un segreto che in città sapevano tutti tranne lei. Non possiamo più trattenerci. La gente può essere così cattiva e pettegola... Beata Sonia che ha delle vere amiche come noi che non mentono nel momento di massimo dolore!

Mentre vomito dal ridere immaginandolo in miniera, il *deficiente di miniera* intuisce che ho intenzione di abbandonare i bambini su un prato per darmi all'alcool e ai pettegolezzi! Forse ho esagerato con il tono della moglie che si sacrifica. Lui imposta il tono da vittima e sadicamente infierisce: «... Certo, mi avrebbe fatto piacere trascorrere il fine settimana con la mia famiglia. Il fuoco che crepita nel camino e noi a fare le ciambelle, tutti insieme. Fuori fa freddo e la pioggia batte forte contro i vetri, mentre io vi racconto la triste storia della bisnonna che morì di parto. La luce calda del fuoco fa scintillare le vostre lagrime di commozione, mentre il vento ulula...».

A parte il fatto che le previsioni del tempo sono buone, sorvolando sul camino che noi non abbiamo, chi cazzo ho sposato: Emily Brontë? Se adesso corre per casa urlando «Heathcliiiiiff», capisco che pur di rovinarmi il weekend si è riletto tutto *Cime tempestose*, e questa volta non nella versione a fumetti.

Quand'ecco l'affondo: «... E poi mi piacerebbe aiutare i bambini a fare i compiti!».

A questa affermazione i bambini, senza che il babbo se ne accorga, corrono in bagno a vomitare. Ricordano ancora l'ultimo weekend in cui papino li ha aiutati a fare i compiti.

Papà è sempre così generoso, irruente, forte, non molto paziente se vogliamo, ma tanto, tanto, tanto... *tonico!* Ecco, tonico è la definizione giusta per papino quando fa i compiti. Accidenti quanto è tonico papino! Anche nel quartiere se lo ricordano ancora: l'ultima volta urlava così forte che i vicini avevano mandato una volante della polizia a controllare che tutto fosse a posto.

Era una domenica. Pioveva. Spicconando in miniera, papino si era morsicato la lingua, quindi niente stadio. Estraendo il carbone si era spezzato un'unghia, quindi niente calcetto. Trasportando sacchi di minerali, si era slogato una palpebra, quindi niente cinema. Respirando l'umidità e le polveri sottili della cava, gli era passato l'appetito, quindi niente tennis. L'amico Pippo era a pranzo dalla suocera, quindi niente Pippo. Non gli restava che rompere i maroni ai bambini!

Dopo il secondo minuto di compiti, al primo apostrofo sbagliato, aveva iniziato un comizio contro la qualità dell'insegnamento nella scuola primaria italiana, la mancanza di preparazione del corpo insegnante, l'impossibilità di competere con le nazioni emergenti che incalzano...

«... E a breve ci soppianteranno, e i nostri figli saranno costretti a lavare i parabrezza dei cinesi. Se a sette anni non conoscete ancora Dante, come potrete diventare tennisti di fama? La teoria di Keplero in India si studia all'asilo, ecco perché sfornano tanti scienziati. In casa sarebbe bene avere un medico, che fa sempre comodo, e un avvocato, che fa comodo anche di più. Ma se in seconda elementare non sapete ancora che "l'edera" si scrive "l-*apostrofo*-edera" e non "le dera" come avete scritto voi, be'! Vuol dire che non c'è più speranza!»

Dopo quel pomeriggio di compiti insieme a papino, ci vollero quattro sedute di psicoterapia familiare per riprenderci, e ancora non ne siamo perfettamente usciti.

NOTA BENE: Ho telefonato al nostro psicoterapeuta che ha consigliato un farmaco per placare il vomito dei bambini e un weekend in campagna, visto che le previsioni del tempo sono buone.

E poi Sonia, la sua ex moglie, è una mia cara amica, e lui dice che, dopo la separazione, avrebbe tanto bisogno di distrarsi con le amiche del cuore!

Scuola

Latino e greco sono la base

Lui: Io vorrei che i bambini facessero il liceo classico.

Lei: Anche a me piacerebbe.

Lui: Allora costringiamoli.

Lei: Ma sei matto? Così poi a sedici anni ci accoltellano mentre dormiamo.

Lui: Se lo faranno è perché tu sei stata sempre troppo permissiva.

Lei: Scusa sai, ma tu dove sei mentre io sono permissiva?

Lui: Sono a lavorare per pagare le punture di ialuronico che ti fai in faccia.

Lei: Se mi faccio le punture di ialuronico è perché voglio piacerti.

Lui: Fatica sprecata: dopo tanti anni, cosa vuoi che mi freghi del tuo corpo. Se sto ancora con te è perché amo la tua anima.

Lei: Be', anche la mia anima comincia ad avere le rughe!

Con la musica non sarai mai solo

Lui: E se i bambini facessero il conservatorio?
Lei: Bello, ma c'è un sacco da studiare. E se non ne avranno voglia, sai che fatica costringerli.
Lui: Già, poi finisce che si drogano.
Lei: Se si drogano è perché tu non gli hai mai detto bravi.
Lui: Scusa sai, ma tu dove sei mentre io non li gratifico?
Lei: Sono in bagno a mordere un asciugamano per non litigare con te davanti a loro.
Lui: Però, appena loro escono, ti rifai urlandomi in faccia.
Lei: Be', tu urli anche quando i bambini sono in casa.
Lui: Dici che è per questo che sono sordi?
Lei: Anche Beethoven era sordo.
Lui: E allora che facciano il conservatorio!

Una mente matematica è vicina a Dio

Lui: Certo che il liceo scientifico gli darebbe una preparazione più moderna.
Lei: Per carità, io ho fatto lo scientifico e non so fare due più due.
Lui: Lo so. Me ne accorgo quando mi arriva l'estratto conto.
Lei: Vuoi che per risparmiare mangiamo pane e cipolla?
Lui: Per quello che cucini tu, non ci vuole il conto corrente di Khashoggi.
Lei: E allora perché ti lamenti? Vorresti essere Khashoggi?

Lui: Io no. Ma, con quello che spendi, tu vorresti essere sua moglie.

Lei: Io spendo per le rette dei tuoi figli che fanno calcio, chitarra, tennis, inglese, nuoto, dentista, settimana bianca...

Lui: ... E neanche dicono grazie!

Lei: Non ringraziano perché tu gliele dai tutte vinte.

Lui: E tu dove sei mentre io sono permissivo?

Lei: Sono a fare il taxi per portarli da una parte all'altra della città.

Lui: E io sono a cucinare i manicaretti che dovresti cucinare tu.

Lei: E allora iscriviamoli all'alberghiero così cucinano loro!

Senza l'inglese cosa vivi a fare

Lui: Il liceo linguistico sarebbe un'idea.

Lei: Sono maschi e il linguistico è troppo femminile.

Lui: Perché? I maschi non vanno all'estero?

Lei: Ci vanno, ma poi tornano sempre a casa.

Lui: Hai ragione, non ne vale la pena.

Però niente tatuaggi

Lei: A me sarebbe piaciuto fare l'artistico.

Lui: Se faranno gli artisti dovranno rubare per mangiare.

Lei: Se andranno a rubare è perché tu gli hai fatto credere di essere ricchi.

Lui: E tu dove sei mentre io li vizio?

Lei: Sono a comprargli le figurine sennò vogliono più bene a te che a me.

Lui: Se faranno gli artisti non avranno mai una famiglia.

Lei: Chi l'ha detto? Magari uno è Picasso e l'altro Modigliani.

Lui: Modigliani è morto a trentacinque anni povero e alcolizzato.

Lei: Picasso è morto a novantadue anni ricchissimo e pieno di figli.

Lui: Vuol dire che ci faremo mantenere tutti da quello che farà Picasso!

Un saldatore di minuterie metalliche serve sempre

Lui: Non è obbligatorio che i bambini facciano il liceo.

Lei: A me andrebbe bene anche un istituto professionale, a patto che a loro piaccia.

Lui: Magari gli piace, ma dopo guadagneranno poco.

Lei: E semmai i primi tempi li aiuteremo noi.

Lui: Quando loro avranno l'età per lavorare io sarò vecchio.

Lei: E allora lavora adesso e risparmia per il loro futuro.

Lui: Risparmia anche tu.

Lei: Se vuoi mi metto a lavorare così ti aiuto a portare a casa la pagnotta.

Lui: Sarebbe la prima volta che *non* mi fai mangiare il pane secco.

Lei: Ti faccio mangiare il pane secco perché quello fresco ti gonfia.

Lui: Vuoi dire che non ti piaccio più perché mi sono un po' appesantito?

Lei: Dopo tanti anni, cosa vuoi che mi freghi del tuo corpo. Se sto ancora con te è perché amo la tua anima.

Lui: Allora secondo te ho una bella anima?

Lei: Sì. Bella ma un filino gonfia!

Epilogo

Lei: Meno male che abbiamo fatto due figli.

Lui: Già, pensa come sarebbe vuota la nostra vita senza di loro.

Lei: Sì, tu e io, rincoglioniti, in un ospizio per vecchi... ma insieme!

Quest'epilogo mi commuove: non so se sono fragile perché, come ogni mese, sto per diventare signorina o se invece è un inizio di menopausa.

Sport

«I nostri bambini frequentano la scuola primaria, che impegni di studio vuoi che abbiano?» dice papy. «È bene che ora che sono piccoli si facciano un'infarinatura di tutti gli sport e della musica, delle lingue, delle arti... così da grandi potranno scegliere. E poi l'impegno li tiene lontani dalla PlayStation e da adolescenti li proteggerà da pericoli ben peggiori.» Chissà perché mi esce involontario un dolcissimo: «Hai perfettamente ragione, amore mio, come potrei contraddirti?» anche se ci riuscirei benissimo e senza alcuno sforzo. «La teoria la sai tutta, tesoro!» Peccato che la pratica sia leggermente diversa...

Il primogenito campione di decathlon

Il figlio piccolo frequenta la seconda elementare. Il lunedì ha il rientro obbligatorio, quindi prima delle 15 e 30 non esce da scuola.

Il grande invece, quello che fa la quarta, esce alle 14 e ha quindi un intero pomeriggio libero, tutto da riempire.

Riportandolo a casa, evito il traffico grazie alla corsia preferenziale e chi se ne frega dei punti sulla patente, tanto la macchina è intestata a mio marito.

Ore 15, arriva a casa l'insegnante di batteria, strumento utile per la coordinazione degli arti superiori, per dar sfogo all'aggressività accumulata in una mattinata di scuola e per convincere il condomino del piano di sotto a venderci l'appartamento, perché il nostro ormai ci sta stretto. Pazienza se il bimbo-batterista comincia a dar segni di sordità già a nove anni, gli compreremo un bel paio di cuffie-antirumore da minatore.

Avete presente quanto costa un insegnante di musica a domicilio che oltretutto ha studiato alla Berkeley e ogni tanto suona con Pat Metheny al Blue Note? Perché noi non siamo mica matti ad affidare il figlio maggiore a un maestrucolo qualunque appassionato di percussioni: potrebbe risentirne l'impostazione!

Mentre il primogenito si prepara per Umbria Jazz, io torno a scuola a prendere il piccolo. Lo abbandono da un amichetto che abita dalla parte opposta della città, e torno nuovamente a casa. Evito il traffico sempre grazie alla corsia preferenziale, tanto i punti li tolgono alla patente di mio marito.

Indi preparo la sacca da tennis e una frugale merenda iperproteica a base di rognone, tofu e smarties. Alle 16 in punto, ogni minuto in più verrebbe addebitato, il maestro di batteria schizza via col malloppo che ci ha appena estorto per la sua dotta lezione, mentre io e il futuro Ringo Starr (con quello che ci costa mi sembra un obiettivo ragionevole) ci precipitiamo al circolo del tennis.

Secondo il *deficiente di realismo*, il nostro primogenito

è talmente portato per il tennis che già a sedici anni sconfiggerà il sempre grande, ma allora ormai trentaquattrenne, Federer. Il suo maestro è certamente all'altezza dell'obiettivo: pare che in passato sia stato il personal coach di Arancia Sanchez e John McEnroe. «È vecchiotto, lo ammetto, ma pensa l'esperienza che ha!» mi ha sussurrato papy mellifluo per convincermi che i risultati costano sacrificio. Trenta chilometri di tangenziale all'ora del rientro pomeridiano non sono nulla davanti all'abnorme trofeo in argento massiccio del torneo di Wimbledon.

Devo ammetterlo, a me l'argento piace, lo trovo un metallo di tradizione e contemporaneamente moderno. Conclusione: parto alle 16 da casa, per essere al campo alle 18. Quel poveretto di mio figlio, durante il tragitto, si è tolto gli abiti da rock star per vestire quelli da tennis forniti dallo sponsor (suo padre), ha trangugiato la merenda e dormito un pochino, mentre io, guidando, litigavo con un maleducato su un tir. Il camionista era incazzato solo perché ero sulla scia di un'ambulanza: cosa ci posso fare se in tangenziale non ci sono le corsie per gli autobus, ma solo quelle per le emergenze? E chi se ne frega se ha preso il numero di targa: tanto i punti li tolgono a mio marito!

Alle 19 la lectio magistralis di tennis è finita, ma il traffico no.

Torniamo a casa stanchi, ma felici: abbiamo messo un altro tassello che ci avvicina all'argenteo premio con benefit annessi. Quel che resta di mio figlio grande, che nel frattempo ha sempre solo nove anni, va subito a letto.

Di cena non ha voluto sentir parlare, anche perché al chilometro 15 ha vomitato tutta la merenda: forse gli smarties e il rognone non legano. Meglio così, tanto di pronto non c'era niente, e domattina alle 6 e 30 ha la sveglia.

Rispetto al lunedì, il martedì è una giornata così impegnativa...

E il secondogenito? Dorme da un suo compagno di classe. Sarebbe dovuto passare a prenderlo papà, unica incombenza richiestagli, ma gli è sopraggiunto un impegno importante: è stato trattenuto tutto il pomeriggio dall'amico Pippo a giocare a biglie.

NOTA BENE: In serata sono passati due vigili con una missiva, ma non ho il coraggio di aprirla: non so se li ha chiamati il vicino per via della batteria o se c'entra qualcosa la patente di mio marito.

Di quando il secondogenito debuttò nel Campionato di calcio: Categoria Pulcini-ini-ini

Portare i figli a calcio è l'attività preferita di mio marito.

L'orgoglio del padre – che sarebbe certamente diventato un campione, se solo non ci fosse stata quella brutta influenza del '71 – si riversa sui figli.

Il primogenito è per papy motivo di grande soddisfazione: nel tennis come promettente futuro Panatta, nel calcio quasi certamente erede di Vieri. Nello sci, se non fosse per la corporatura esilissima, Tomba gli farebbe un baffo, nel curling... Insomma il figlio grande è come papà, uno sportivo nato!

Il figlio piccolo invece è da tempo sospettato di prediligere il gioco degli scacchi e la pittura, ma papy non si rassegna a rivedere le proprie aspettative su di lui. Dopo insistenze varie, promesse, ricatti e pressioni psicologiche punibili per legge, la povera vittima, asciugando fiumi di lacrimoni, ha accettato di giocare a pallone.

Tralascio la parte allenamenti, che come ovvio mi sono smazzata io, perché come sempre papà ha tante idee, ma poi qualcuno deve metterle in pratica.

E poi l'allenamento per il piccoletto è anche divertente... gli piace tanto quel campetto in erba sintetica con il fondo di pneumatici sbriciolati. Mentre gli altri bambini corrono dietro al pallone, il mio piccolo artista con quelle palline nere riesce a fare i castelli meglio che in spiaggia!

Ma poi arriva il giorno della prima partita di Campionato – Classe 2000 – Categoria Pulcini-ini-ini.

Papy, che per nulla al mondo rinuncerebbe ad assistere all'evento, ha giurato di attenersi ai consigli del *Manuale del genitore moderno*, che raccomanda di non stressare i figli con ansie da prestazione e dannosi confronti fra fratelli.

Io, mamy adorata che sola ti capisce, mai abdicherò al ruolo lasciando il mio cucciolo in pasto al grizzly capofamiglia! In cambio del sacrificio, gli ho promesso di nascosto un bellissimo libro da disegno. In più, con abile mossa, per non doverne difendere due di cuccioli, ho affidato il maggiore alle cure della nonna, anche perché io stasera sarò stremata, ma almeno i compiti saranno fatti.

La mattina della partita papy minimizza: «Figliolo, pensa che bello, finalmente debutti in campionato... la tua squadra... i bambini avversari da sconfiggere... voglio dire da battere... no, nel senso che il gioco è questo, tu vinci, loro perdono... cioè, anche tu potresti perdere, ma papà sarebbe così deluso... no, deluso no, che poi tra cinque anni finisce che ti droghi... 'sto cazzo di manuale del genitore... Come apro bocca sbaglio! 'Fanculo!

«... A biondo: ti voglio dinamico e rapido come un cecchino sul tetto! Parola d'ordine: aggressività e competizione, capito! E ora mangia la banana che è potassio e non mi chiedere perché, ma sei un atleta e ti serve!»

Io assisto impotente alla causa scatenante di dieci anni di psicoterapia cui sarà costretto il mio secondogenito dopo questa giornata, ma papy continua: «Figliolo, non c'è nulla di cui avere paura!». E io penso: dove l'ho sentita questa frase? Ah, sì, era *Il paradiso può attendere*, quel film dove Warren Beatty è un giocatore morto di football americano... Ma che razza di associazioni gli vengono? Avrà capito che non è una partita di football americano fra omaccioni morti, ma calcetto italiano fra pulcini-ini-ini vivi?...

E conclude: «Il tuo papà sarà sempre al tuo fianco! Fine».

Tutto questo discorso si abbatte come un macigno su un bambino di sette anni che ingurgita lacrime e banana. A parte il senso politicamente scorretterrimo del *discorso a banana*, come faccio a dire al *deficiente* che il vero problema del bambino sarà proprio la troppo assidua presenza di papy?

Alle ore 8 di una gelida domenica mattina, papy, mamy e figliolo-solo-per-oggi-unico si avviano al mattatoio.

Durante il tragitto in macchina da casa al campo di

gioco, papy tenta di rimediare al danno psicologico provocato dal *discorso a banana*, prendendo alla larga un blando training del pargolo. «Amooore... prima volevo dire che non è importante vincere, ma divertirsi! Anzi, più perdi da piccolo più vincerai da grande! Perdere serve a comprendere gli errori, a migliorarsi, a temprare il carattere. Nella vita a volte si vince e a volte si perde. Nel calcio è come nella vita... *perché il calcio è vita!*» Altro abnorme smarrone. Il *deficiente di tatto* non se li scrive prima: i *discorsi a banana* gli vengono così, di getto, ma fortunatamente, questa volta il piccolo non ha assorbito perché dorme.

Io, alla prima edicola, mi compro il quotidiano domenicale e mi estraneo dalla lotta.

Trovare il campo di calcio è un'impresa: «Meno male che abbiamo il navigatore satellitare con dentro la polacca che ci indica la strada, sennò col piffero che trovavamo 'sto campetto nella brughiera! Ah, ah, ah!». Papy se la ride e continua: «Però come si sono integrati in fretta 'sti comunitari dell'ultima ora... sono arrivati freschi freschi dall'Est e già ci indicano le stradine di periferia! Ah, ah, ah!». Papino è talmente eccitato all'idea di portare il figliolo a calcio, che pure la caccia al tesoro domenicale sotto la guida dell'ex extracomunitaria gli piace.

Giunti al campo però, l'umore cambia e babbino subito si incazza nero con un papà-supporter del team avversario che è arrivato col Suv. «Ma guarda che razza di macchina s'è comprato 'sto cretino, neanche vivesse in Lapponia con le renne!» Quindi, con il suo Hummer nuovo di pacca, sperona il Suv nemico e gli frega il posto... E così via di papà in papà, in un'escalation d'insulti e macchinoni. L'arrivo della Fiat 500 super-trendy di una mamma ritardataria ricompatta le maschie tifoserie: «Ma guarda 'sta cretina... dove crede di andare solo perché è una donna... A scemaaa!!!». La femmina ingiuriata, proprio perché femmina e quindi avvezza, se ne fotte allegramente degli insulti e posteggia direttamente sul campo di gioco anziché a *casadiddìo*.

Io, da quando siamo partiti, leggo ostinatamente il giornale. Sono già arrivata alla pagina dei necrologi, ma il nome di mio marito per ora non c'è!

Tutti i genitori si avviano sportivamente verso gli spogliatoi trascinando i propri cuccioli incolpevoli, assonnati e vestiti di tutto punto con i colori delle squadre.

Una volta per giocare a pallone bastavano un paio di calzoncini e una palla. Oggi è obbligatorio l'abbigliamento d'ordinanza, elegante e con la pubblicità dello sponsor sulla maglietta. La nostra squadra si chiama Internazionale, ma il presidente Moratti non ha cacciato una lira.

Ho provato a dire a mio marito che il piccoletto sembrava più incline agli sport meno dinamici, chessò... lo yoga o il subbuteo. Non c'è stato niente da fare: «Mio figlio, SICCOME È MIO FIGLIO, sicuramente ama lo sport, E SPECIALMENTE IL CALCIO!» mi ha urlato il papà d'Italia.

«Sicuramente amerà lo sport» ho detto io, «ma non occorre comprargli le scarpe in pelle di canguro uguali a quelle di Del Piero perché sono soldi buttati, visto che fra un mese non gli andranno più bene!»

«PER RISPARMIARE MILLETRECENTOEURO TU LASCERESTI MARTORIARE I PIEDINI DI TUO FIGLIO?» ha urlato lui.

«NON SIA MAI!» ho urlato io.

Così babbino ha comprato il borsone, e mai termine fu più adatto visto che pesa venti chili con dentro: la tuta per l'allenamento, quella per le amichevoli, quella per le partite di campionato, gli scaldamuscoli, il giaccone in piumino danese per l'inverno, il gilet in seta-tecnica per l'estate, il K-way in caso di pioggia, i guanti, il berretto e le scarpette in pelle di canguro come quelle di Del Piero. I parastinchi, per maggior sicurezza, li ha comprati taglia-adulto, così il pupo è protetto dalla caviglia al mento.

L'accappatoio, essendo libero e non obbligatoriamente con i colori della squadra, è l'unico accessorio da cui si potrebbe intuire la classe sociale dei bambini. Nostro figlio sembrerà appena sbarcato a Lampedusa, visto che il suo accappatoio feticcio è ancora quello che indossava papà nel '71, quando per ben due volte si allenò con la Primavera della Sampdoria.

«Amore svegliati che siamo arrivati...» dice la voce di papy, carezzevole come la carta vetro del 40.

Lo spogliatoio non è quello di San Siro, ma il *Manuale del genitore moderno* consiglia di fingersi adattabili per non inimicarsi la squadra ospitante. «Guarda com'è accogliente questo container di lamiera. C'è pure la panca e la doccia addobbata con le alghe: un solo soffione per due squadre così vi tenete compagnia... e caldo, visto che fuori siamo a meno otto e dentro anche!» Il piccolo si sveglia e inizia a piangere chiamando «Mamma».

Io, che ho il super-udito, sento benissimo il richiamo di quel pianto. Purtroppo sto affrontando la cronaca nera e a pagina otto, c'è un articolo che parla di un *mariticidio* consumatosi in provincia di Belluno. Voglio approfondire i particolari del delitto.

Nel borsone da calcio di mio figlio ci sarebbe il necessario per affrontare il Real Madrid nella finale di Champions League. L'unica differenza è che i giocatori del Real non hanno in dotazione il poggiapiedi-antiverruche-portatile-che-si-apre-a-libretto della Decathlon. Per il resto c'è tutto, pure il doping: una bottiglietta di Gatorade E 125 multi-color, e un sedativo in formato Chupa Chups con cui mio marito zittisce il pianto del pargolo.

Nel container di lamiera si accalcano genitori ambosessi e relativi pargoli. I primi sono coperti con piumini che neanche gli escursionisti al polo, quindi grondano sudore e Madonne, i secondi al polo ci sono, ma in canottiera.

Inizia la distribuzione delle maglie numerate a righe nere e blu che, come ho già detto non sono dell'Inter perché non c'è scritto Pirelli, ma Frittoli, nota ditta di pesticidi cittadina. Una taglia Small, due Medium, il resto Large, così andranno bene per qualche anno; da quest'ultimo particolare si evince che la Frittoli non è la Pirelli e i pesticidi non rendono come i pneumatici!

Il mister distribuisce i ruoli: «Tu fai l'attaccante, voi due giocate a centrocampo, tu sei il difensore, tu stai in porta. Gli altri in panca. Tranquilli che vi faccio giocare tutti. Tattica di gioco: CORRETE DIETRO ALLA PALLA!».

Una squadra di sedici nani in pigiama-palazzo firmato Pesticidi Frittoli, si avvia spaesata al campo di calcio.

È la prima partita di campionato: tre tempi da quindici minuti, cinque titolari in campo, le riserve in panchina. Tutti i convocati sono presenti. Tutti vogliono giocare. Si farà a turno.

Uno dei due centrocampisti è mio figlio. Il mister è uomo di poche parole, ma per mio marito da questo momento è meglio di Capello, è un discendente diretto del grande Helenio Herrera, il Mago.

Papy non sta nella pelle dalla gioia. Io, seduta nella gradinata opposta, continuo a leggere imperterrita. Per comunicarmi polemicamente la bella notizia, papy, che da questo momento si crede papy di Totti, mi manda un sms. Testo: «Mio figlio è centrocampista. Te l'avevo detto che era portato!».

I cinque titolari entrano in campo. Gli altri undici, uno sopra l'altro per proteggersi dal freddo, come i pinguini al polo si accalcano in banchisa.

Il padre del bambino con la fascia da capitano si guarda intorno, tronfio: farebbe meglio invece a guardarsi le spalle. L'invidia serpeggia e fra una battutina e un *calembour* i genitori commentano: «Be', è giusto che suo figlio sia il capitano. In fondo è il più alto. Più che alto direi sproporzionato. Ma è sicuro che sia del 2000? Lei è così bassetto. Sarà altissima la mamma!». Mio marito, che è il più spiritoso di tutti, chiosa: «Ma è sicuro che sia suo figlio? Scherzaaaavo!». Risatona generale.

Il *Manuale del genitore moderno* dice di non raccogliere le provocazioni e in casi come questo suggerisce di far buon viso, ma forse il padre del capitano non l'ha letto.

L'arbitro fischia. La partita ha inizio!

Tutti i papà e le mamme presenti esibiscono self-control e distacco-equosolidale. In un'amenità di frizzi e lazzi dagli spalti, la progenie si arrabatta in campo: «Amore, sei bravissimoooo! Bravi tutti! Ma come corri bene! Correte bene tutti!».

Mio marito non rinuncia a fare lo spiritoso: «Resisti amooore, adesso sembri una pin-up con le autoreggenti,

ma fra due anni quei calzettoni ti andranno a pennello!».
Risatona. Mio figlio piange e con il tallone della calza ad altezza polpaccio, va dal mister a farsi soffiare il naso.

Gli undici papà degli undici in panchina urlano all'unisono: «Ehi, mister! Sono già tre minuti che giochiamo... perché MIO FIGLIO è ancora in panchina?». Se il mister fosse onesto risponderebbe: «Perché col freddo che fa, i vostri figli mi si sono surgelati tutti attaccati e non ho sottomano un phon per ammollarli!». Ma il mister, anche se persona di onestà ineccepibile e che mai mentirebbe, si finge sordo perché è pagato dalla premiata ditta Pesticidi Frittoli e non vuole far notare che il prestigioso sponsor risparmia sui phon nonostante la retta pagata.

Mio marito prende le difese del Ct: «E state calmi un attimo, se ha detto che li farà giocare tutti, vuol dire che li farà giocare tutti. Date il tempo ai titolari di esprimersi!». Mio figlio, che è titolare, si esprime subito piangendo perché gli si è slacciata una stringa di canguro. Papy ne approfitta per invadere il campo e, allacciando la stringa, sottovoce consiglia il figlio: «E smettila di piangere, cretino... fai pressing, fai pressing!».

Un papà dei nostri fraternizza magnanimo con un papà avversario: «È suo figlio quel piccoletto così veloce? Ma è bravisssssimo!». Il piccoletto veloce inciampa sulla caviglia del figlio del magnanimo e lo strattona per non cadere. Il figlio del magnanimo si ammucchia a terra malamente. L'arbitro non fischia il fallo e il piccoletto veloce, come Speedy Gonzales, continua la sua corsa e ci infligge il primo gol. Il papà di Speedy Gonzales grida e applaude. Il papà magnanimo interpreta l'applauso come un apprezzamento all'arbitro colpevole di aver favorito la squadra avversaria e lo apostrofa: «Arbitro Moreno dei miei cogliooooooni!!!». E in direzione del padre del bomber: «Quanti Rolex gli hai promesso, a Moggiiii del caaaazzooo!!!».

Il clima sugli spalti è caldissimo. Quello in panchina no!

Con un picchetto rompighiaccio il nostro mister è riuscito a staccare un pinguino dal mucchio e inizia il gioco tattico.

Al pinguino liberato: «Tu entri!».

A mio figlio che piange: «Tu esci!».

Mio marito, per il quale il mister, quanto a tattica, fino a un attimo prima era il Mago Herrera, si offende per la sostituzione e ironizza: «A Potter dei miei stivali!». E al figlio che piange: «Andiamo a casa, che se devi aspettare che giochino tutti, a te tocca l'anno prossimo! E se non la smetti di frignare ti tiro una papagna, cretino!».

L'Internazionale ha perso 7 a 2... ma con dignità, perché, come dice il *Manuale del genitore moderno*: «Non è importante vincere, ma divertirsi!».

Il mio cucciolo è tornato a casa apparentemente incolume dagli attacchi del grizzly capofamiglia, ma con trentanove di febbre. Subito ho pensato a una febbre di crescita, perché sembrava più alto di quando è partito. Invece era più alto perché le scarpe di canguro erano piene di quelle palline nere di pneumatici sbriciolati con cui in allenamento costruisce i castelli: se le è portate a casa per farne uno sul tappeto del salotto! La febbre quindi non era da crescita, ma da stress, oppure da infreddatura perché, come mi ha fatto notare papy: «Hai coperto troppo il bambino, per questo gli ho tolto il giaccone. E quindi è colpa tua se io mi sono perso il giaccone e tuo figlio è tornato con la febbre!». Ha detto anche che io di calcio non capisco niente, mentre lui sa tutto perché gioca da una vita e: «... se solo non ci fosse stata quella brutta influenza del '71, oggi sarei meglio di Capello e allenerei il Real Madrid e la Nazionale inglese insieme, altro che quel dilettante a cui TU hai affidato MIO figlio!».

Come ho detto, il giaccone in piumino danese – con quello che costa – se l'è perso, in compenso il *deficiente di giacconi* è tornato a casa con tre paia di scaldamuscoli di tutte le taglie: XXS, M, XXL. Mio figlio ha solo sette anni e per ora non veste la XXL.... mio marito, per errore e non per spregio spero, deve aver preso gli scaldamuscoli del bambino capitano, quello alto sproporzionato. Adesso però, col parco scaldamuscoli che abbiamo, mio figlio ci coprirà tutta la carriera calcistica da qui allo scudetto, sperando che prima o poi apprezzi il calcio!

Lo so che al giaccone avrei potuto pensare io, ma ero troppo presa dalla pagina degli spettacoli. Stavo leggendo la recensione di un riadattamento del *Giulietta e Romeo* di Shakespeare in versione moderna, dove muore solo Romeo. Una storia interessantissima...

Come risarcimento danni per la giornata a cui è stato costretto, ho comprato al mio piccolo un bellissimo libro da disegno: *Saggio sulla pittura gotica di Simone Martini. Dal 1315 al 1342*. Sono sicura che gli piacerà perché la pittura gotica del '300 è sempre stata la sua passione, insieme all'architettura dei torrioni nei castelli scozzesi pre-elisabettiani e alle figurine di *Dragon Ball*.

Ora parliamo di sci

Che bella questa nuova democratica usanza di andare a sciare nei fine settimana tutti contemporaneamente!

In montagna è ovunque talmente affollato che, se sugli sci stai in piedi per miracolo, non corri il rischio di cadere perché la massa ti tiene su; oppure ti calpesta e quindi non ti vede nessuno, che è sempre meglio che fare la figura del principiante. *Guai* a passare per uno che ha iniziato a sciare da adulto! L'attrezzatura è il primo indizio.

Per il *principiante* gli scarponi devono essere dell'ultima generazione, in titanio espanso, con un solo gancio che si chiude telepaticamente, scarpetta interna riscaldata che quando torni in albergo sfili dal guscio e usi come pantofola o pinna, a seconda se vai in camera a riposare o direttamente in piscina a farti le tue ottanta vasche che sciolgono i muscoli perché – per ammortizzare le spese dell'albergo, dell'attrezzatura, dello skipass eccetera – in piscina ci devi andare per forza! Se nella tua pensione a una stella la piscina non c'è, ammortizzi nuotando nella vasca del bagno comune in fondo al corridoio!

La tuta da sci può essere indifferentemente intera o

spezzata, l'importante è che sia firmata... anche da tua sorella, ma firmata.

Il principiante ignaro, la compera intera, che fa figo e poi va in giro tutto il giorno con le maniche bagnate, perché con il freddo che fa, scappa spesso la pipì e i bagni dei rifugi sono fatti apposta per pucciarci dentro le maniche delle tute intere. È una legge fisica: o fai la pipì e contemporaneamente pucci le maniche o tieni su le maniche e la fai sulla tuta... oppure la fai direttamente sulle maniche, che almeno la pipì è tua!

Nel rifugio il principiante lo riconosci subito: è quello che se la tira da maestro di sci, solo che porta gli occhiali da sole e si sa che nei rifugi c'è buio anche a mezzogiorno. È quello che entra nel rifugio, si guarda intorno per vedere chi c'è, non vede un tubo per via degli occhiali scuri e sbranando una fetta di torta ai mirtilli, si spacca il femore scivolando sul bagnaticcio del parquet. Tornato in città, naturalmente racconterà una versione dei fatti molto più avventurosa. Anche in pista lo riconosci subito: il principiante è quello velocissimo che non curva mai, perché le curve non le sa fare e non vuole che si sappia.

E quelli che si danno allo snowboard? Una volta per tutte: vogliamo chiuderli in un recinto a darsi le capocciate fra di loro?

Già in seggiovia, se osservi bene, è facile individuare colui che ti inforcherà a tutta birra. È quello con una gamba più lunga dell'altra: perché il peso della tavola attaccata alla gamba penzolante gli allunga l'arto, ma non il cervello.

Sei sulla sua invisibile e pericolosissima traiettoria, ma non lo senti arrivare. E quando l'aria si fa scomposta è troppo tardi, lo snowboarder è già su di te e siete un tutt'uno di carne misto goretex.

Non vorrei che per questo gli sciatori si sentissero sollevati da responsabilità. Snowboarder o sciatori, siamo tutti nel mirino quanto a stupidità! E non sarò certo io la neo-fustigatrice dei costumi. Dei costumi no, ma delle tute sì! Io che sono democratica adoro gli sport di massa. Ma come scrisse Joseph Roth: «È più facile morire per le masse che viverci insieme».

In tutto questo pistolotto non posso metterci mio marito.

La nostra famiglia va a sciare una sola volta l'anno, due giorni rigorosamente infrasettimanali, perché il *deficiente*, sedicente democratico, odia la massa.

Circa trent'anni fa ha speso un patrimonio per l'attrezzatura, ma da allora non l'ha più rinnovata. Esce quindi dall'hotel vestito come Gustav Thöni quando andava a spazzaneve e aveva solo due stellette. Impreca contro il freddo e allacciando gli scarponi si spacca un'unghia. Compra un costosissimo skipass giornaliero un quarto d'ora prima che diventi un più economico pomeridiano. Inforca gli sci di legno con gli attacchi arrugginiti. Sale in seggiovia rischiando il femore. Ne discende pochi minuti dopo con l'influenza perché ha dimenticato il berretto. Si lascia scivolare atleticamente fino alla baita più vicina, quella dove stanno le donne incinte con i bambini piccoli. Si toglie gli sci lasciandoci un'altra unghia. Entra in baita e, morigerato, ordina un caffè, tutti i quotidiani e qualche settimanale. Non li legge perché c'è buio. Ordina quindi stinco di maiale con polenta e birra. Chiede il bis. A seguire un cappuccino con otto fette di torte diverse: la varietà in montagna è ampia e vuole assaggiarle tutte.

Chiacchiera con l'oste a proposito della bellezza del luogo e delle aquile che non nidificano più per via del clima. Cita Al Gore. L'oste lo spiazza citando Gore Vidal. Lui la butta sul ridere e finiscono a parlare di fragranze di bagnoschiuma. Starnutisce più volte rumorosamente.

Intanto si sono fatte le quattro ed è bene tornare alla seggiovia. In montagna viene buio presto e in quei venti metri potrebbe perdersi. Influenzato, bolso di cibo e anche un po' ciucco torna in albergo. Giusto il tempo per una doccia ed è ora di cena... e se Dio vuole l'indomani si torna a casa.

NOTA BENE: Ogni anno, la settimana bianca la facciamo i bambini e io. Soli.

Biglie

Di quando si va tutti al mare

L'estate è il momento in cui ogni maschio può finalmente sfoggiare i propri talenti sportivi, rimasti inespressi per un intero inverno trascorso al chiuso a stressarsi. Nello spazio sempre troppo breve di una vacanza, lo sportivo mancato deve recuperare in fisicità, tonicità, agilità, vivacità, abilità.

Mio marito è bravissimo in tutte le discipline ed essendo parossisticamente competitivo, vuole vincere a tutti i costi persino con i suoi figli, nonostante il suo corpaccione possente, muscoloso ed eccessivamente virile non abbia più la stazza asciutta dei vent'anni. Estrapolando dal contesto il solo giro vita, sembra che si sia mangiato un'anguria intera, buccia compresa. Per sua fortuna, una statura discreta e due spalle enormi bilanciano l'imbilanciabile e, dopo tanti anni, continuo a trovarlo infinitamente sexy, anzi l'uomo più sexy del creato, persino più sexy di Sean Connery, ma so che questo è un problema mio.

La scorsa estate, prima di partire per la sua meritata

vacanza in Sardegna, il *deficiente di senso delle proporzioni* si era fatto per la prima volta la valigia da solo urlando: «Non sono mica come te che parti con i bauli!». Trovato un mio vecchio beauty-case dismesso, che fa tanto viaggiatore d'esperienza, lo aveva trasformato nella borsa di Mary Poppins stipandolo di attrezzature e abbigliamento consoni a ogni tipo di sport: il completino da tennis con relativo set di racchette, la muta da sub con fiocine, pinne, maschere e piombi, il completino traspirante da ciclista con bici da strada e bici da cross, quello da wind-surf in neoprene compresa la tavola, tante T-shirt da vela ma senza il natante perché quello si affitta in loco, le scarpette e il guantino da golf ma senza le mazze perché quelle le fornisce l'economico istruttore, il completo da jogging e una serie di costumi da bagno adatti per le lunghe nuotate, come prendisole e per le passeggiate pavoniche sulla battigia. Infilati negli anfratti del beauty-poppins c'erano anche: frisbee, bandiera e racchettine da volano per eventuali gare di triathlon sulla spiaggia.

Non voglio qui raccontare la solita epopea della famiglia italiana in vacanza; aggiungo però un particolare: facemmo la traversata dal continente all'isola tutti insieme, in traghetto. Arrivati al porto ci separammo: lui e il suo macro-beauty raggiunsero l'amena località turistica a bordo della nostra Multipla, mentre i suoi figli e io arrivammo in corriera, perché il *nostro* posto in macchina era occupato dal *suo* macro-beauty-poppins.

Da qualche anno, su tutte le riviste estive di gossip e non, gli uomini sono diventati improvvisamente glabri: non solo i ballerini o i calciatori, ma tutti, proprio tutti gli uomini. Pare che il maschio peloso non piaccia più. Il mio *deficiente di tutto tranne che di peli*, piuttosto che seguire una moda minimamente trendy si farebbe venire l'orticaria. Prima di quel viaggio però decise di aderire al look che in assoluto mi fa più orrore: il maschio spelacchiato. La sua motivazione era dettata da convenienze puramente tecniche: «Il pelo corporeo, specie se folto, crea attrito con l'aria e riduce la velocità di movimento in qualsiasi sport!» sentenziò. Il primo sport penalizzato dall'eccesso di pelo è quello che a ogni vacanza al mare lo vede *competitor* accanito dei suoi figli: la gara di biglie sulla spiaggia. Nel chilometro lanciato gli atleti usano tute aderentissime di un materiale quasi viscido simil-pelle-unta per ridurre la resistenza dell'aria, ma l'attività che il mio vacanziere doc affronta con maggior sprint è il lancio sul buffet dell'albergo, e lì di solito non ci va nudo!

Facendola breve, in un'estate calda come le altre, il *deficiente* si disboscò l'enorme corpaccione usando una crema depilatoria il cui odore mi riportò all'adolescenza e, nel suo primo giorno di mare, si presentò in spiaggia *spelato* da capo a piedi, di quel bel colorito rosa-confetto, indossando uno speedo nero che persino Tarzan giudicherebbe demodè.

Sotto il sole rovente, senza un filo di crema protettiva, si accucciò sulla spiaggia e sfidò a biglie la prole, schiccherando la sfera di Anquetil per l'intero pomeriggio. Dopodiché fu trasferito d'urgenza al reparto grandi ustionati dell'ospedale di Alghero, dove trascorse i suoi restanti tredici giorni di vacanza.

Sapevo che i ciclisti si depilano per farsi massaggiare i polpacci dopo aver percorso trecento chilometri in salita;

d'accordo che da sempre le biglie raffigurano i campioni del ciclismo, ma forse – per farsi massaggiare dopo il grande sforzo compiuto per coprire i quattro metri di pista sabbiosa – gli sarebbe stato sufficiente depilare le falangi del solo dito indice. Se mio marito è un perfezionista, io cosa posso farci.

NOTA BENE: I bambini e io tornammo in Multipla. Il *grande ustionato* e il suo macro-beauty-poppins con le attrezzature sportive inutilizzate tornarono in ambulanza. Tutti tornammo in continente con lo stesso traghetto.

NOTA BENE BENE: A parte l'impegno di dover andare all'ospedale di Alghero due volte al dì, quella dell'anno scorso è stata, per i bambini e per me, una delle vacanze più rilassanti degli ultimi anni.

Vacanze

Visto che siamo in quattro...

Lui: Amore... e se ci comprassimo una barca?

Lei: Lo sai che io soffro il mare.

Lui: Ho letto che nonostante la recessione, il mercato dei natanti è florido.

Lei: Anche tuo figlio piccolo soffre il mare. L'ultima volta che abbiamo preso un traghetto, quando è sceso a terra, si è vantato di aver vomitato solo due volte.

Lui: Vorrei una barca poco impegnativa con cui circumnavigare la Corsica.

Lei: Anche tuo figlio grande soffre il mare e non gli sono simpatici i francesi.

Lui: E allora noi dormiremo in rada.

Lei: In rada si balla: i tuoi figli e io passeremmo la notte a vomitare.

Lui: Allora circumnavigheremo la Sardegna e dormiremo in porto.

Lei: Anche in porto si balla.

Lui: Voi dormirete in albergo mentre io farò la guardia alla barca.

Lei: Così spenderemo sia per la barca che per l'albergo.

Lui: Cercheremo una pensione che non costi troppo.

Lei: Bravo! Tu fai l'Onassis in barca e a noi ci mandi a dormire alla pensione *La Merda*.

Lui: Cercheremo un alberghetto a metà strada fra il Grand Hotel e la topaia.

Lei: Vuoi mandarci a dormire per strada?

Lui: Volevo dire che cercheremo un albergo bello, che però non costi troppo.

Lei: E certo. Noi risparmiamo e tu ti compri lo yacht.

Lui: Ma quale yacht...

Lei: Non ti va bene lo yacht? Cosa vuoi, un panfilo?

Lui: No. Io voglio solo una barchetta per fare le vacanze con la mia famiglia.

Lei: Per fare le vacanze senza spendere troppi soldi, comprati un canotto.

Lui: Un canotto non è un investimento. Invece se compro una barchetta di buona qualità, ci facciamo le vacanze e quando la rivendo non ci rimetto.

Lei: Se non la compri per niente e restiamo a casa... ci rimetti ancora meno!

Visto che non compriamo la barca...

Lui: Amore... e se cambiassimo la macchina!

Lei: A me importa solo che la macchina cammini. Dell'estetica me ne frego.

Lui: Che c'entra? Se compri una bella macchina, quando la rivendi non ci perdi.

Lei: E allora perché due anni fa hai comprato una Multipla?

Lui: Per incentivare la produzione italiana.

Lei: Credevo che l'avessi comprata perché ti serviva una macchina.

Lui: Mi serviva una macchina e volevo incentivare la produzione italiana.

Lei: Vuoi dire che comprerai sempre Fiat e le rottamerai per non rimetterci?

Lui: No, voglio dire che una Mercedes, quando la rivendi non ci perdi.

Lei: Ma tu non ce l'hai una Mercedes da vendere.

Lui: ... facevo solo un'ipotesi...

Lei: E allora si dice *se la rivendessi...*

Lui: Cos'è che vuoi vendere: la Multipla? Allora neanche a te piace?

Lei: Ti stavo spiegando l'uso del condizionale.

Lui: Tu usi solo condizionali: se non compro la barca, se non cambio la macchina. Se, se. Se non posso fare niente... quest'estate facciamo un viaggio.

Lei: ?

Lui: Prima tappa: Galapagos. A vedere i fringuelli che succhiano il sangue.

Lei: Sì.

Lui: Dalle Galapagos prendiamo un volo per le Rocky Mountains in Colorado.

Lei: Why not.

Lui: A Denver affittiamo una macchina e arriviamo a Niagara Falls.

Lei: Yes.

Lui: Da lì scendiamo a Boston e ci facciamo un giro del New England...

Lei: Wow!

Lui: E naturalmente New York, ma solo tre giorni perché voglio fare un salto a Ciudad de Mexico.

Lei: Que loco!

Lui: Poi un tuffo ad Acapulco.

Lei: ... e San Francisco?

Lui: Sì, certo: San Francisco, Los Angeles e Las Vegas, ma dopo, perché già che siamo ad Acapulco, torniamo un attimo alle Galapagos che non abbiamo visto né albatros né pinguini.

Lei: Hai ragione, già che siamo lì...

Lui: E poi... tutti e quattro in Polinesia!

Lei: Dici davvero? Sono anni che ti chiedo di fare un viaggio.

Lui: Vedi? Basta aspettare.

Lei: Visto che i bambini sono al ritiro spirituale per la Comunione, perché non andiamo io e te a pianificare il viaggio davanti a una bella pizza?

Lui: Io e te? Adesso? Davanti a una pizza? Ma sei pazza? Non sei mai contenta... Dopo tutto il viaggio che ti ho raccontato sono stanco!

Lei: Hai ragione, scusa... sarà colpa del jet-lag!

Daddy Bear

Lei: Bambini, anche se papy non viene, noi il prossimo weekend andiamo comunque a Londra.

Lui: Dove andate voi senza di me?

Lei: A Londra.

Lui: Sì, e chi paga?

Lei: Ho impegnato l'anello di fidanzamento.

Lui: L'anello che ti ho regalato io, che ti ricordava il nostro pegno d'amore?

Lei: No, quello del mio ex: mi ricordava che invece di sposare lui ho sposato te!

E se andassimo all'estero, così tua madre non viene?

Lui: I biglietti dell'aereo li hai presi tu?

Lei: Sì.

Lui: I passaporti sono nel marsupio mio o tuo?

Lei: Mio.

Lui: Il taxi?

Lei: Prenotato.

Lui: A che ora gli hai detto di venire a prenderci?

Lei: Alle cinque.

Lui: I travellers cheque ce li ho io?

Lei: No. Io!

Lui: Le valigie sono pronte?

Lei: Sì.

Lui: Le medicine?

Lei: Prese.

Lui: I bambini sono vestiti?

Lei: Sì.

Lui: Hanno già fatto colazione?

Lei: Sì.

Lei: E i denti? Lavati?

Lei: Sì.

Lui: Pipì?

Lei: Fatta.

Lui: Che ora è?

Lei: Cinque. Il taxi è giù.

Lui: E allora andiamo, che cazzo! Comodo per te viaggiare, eh "Baule"!? Tanto ci sono io che penso a tutto!

Se Dio vuole, ogni anno, a un certo punto, miracolosamente, l'estate finisce portandosi via la vita salmastra, le vongole, il sole, il sale; al suo posto desiderio di conifere, freddo smodato, grappa e Zeno Colò!

Se Dio vuole, ogni anno, a un certo punto, miracolosamente, l'estate finisce e ricomincia la scuola dei bambini e il ludico lavoro del bambino adulto, quello leggermente sovrappeso, colui che per amor di sintesi e con la sua approvazione è qui affettuosamente definito il *deficiente*.

Alimentazione:
la contraddizione come stile di vita

Una delle caratteristiche precipue di mio marito è avere un'opinione su ogni argomento. Questa sua sicumera non lascia spazio ad alcuna opinione alternativa, tanto che alle volte ho il sospetto di aver sposato il Magnifico Rettore della Bocconi, anche se a lui, di magnifico, sono rimasti solo i bocconi...

Di quando si crede laureato in scienza dell'alimentazione bio-bio-bio

Un'alimentazione sana e il più possibile varia, specie in età evolutiva, è la base per una buona crescita: lo sanno anche i muri.

La merenda nella cartella dei bambini ovviamente la metto io: un giorno la banana, un altro la mela oppure una pizzetta e il giovedì l'amato pacchetto di Ringo, biscottini preconfezionati, ricchi di schifezze idrogenate e bla bla bla, ma tanto buoni. Sfiga vuole che papà, il quale *mai* ha messo il naso in cartella, l'abbia fatto proprio il giorno dei Ringo.

Alle ore 7 e 30 di quel giovedì, come per incanto, la cucina di casa si era trasformata in aula magna, e due bimbi di nove e sette anni ancora semi-addormentati si erano sciroppati un'istruttiva lezione sulla caducità della vita, causata principalmente dall'uso smodato di cibi industriali: due palle che non posso descrivere senza scadere in inutili volgarità.

«Voi, bambini miei» chiosava papy, «dovete nutrirvi bene fin da piccoli. Basta cibi ossidanti. Consiglio invece, una sana alimentazione a zona, con un corretto equilibrio piramidale fra vitamine, carboidrati e proteine. Il tutto rigorosamente biologico, è ovvio! Da domani niente più merendine di plastica, ma solo gallette bio-bio-bio di kamut.» Che non sono di plastica, ma di cartone.

Da quel mattino i miei bimbi sono costretti a portare a scuola deliziosi dischetti di truciolare pressato color marrone-simil-Nutella al buon sapore di soia, seitan o farro, merende di cui, come si sa, tutti i bambini vanno ghiotti. Tutti tranne i miei, che infatti buttano le loro ed elemosinano bocconi di Pvc dai compagni. Da ciò si evince che la plastica è infinitamente più gustosa della segatura.

Di quando papy non c'è e i topi ballano

Mio marito è spesso fuori per lavoro, come i rappresentanti di commercio, i marinai, o anche i latitanti, i contrabbandieri e mille altre categorie. Naturalmente non gliene faccio una colpa. Anzi, lui è fuori città a guadagnare per il nostro sostentamento, e per questo tutta la famiglia gli è immensamente riconoscente e sproporzionatamente devota. L'effetto inspiegabile rimane quell'ingrato senso di libertà che ci assale durante le sue, sempre troppo brevi, assenze. Il figlio settenne può finalmente giocare con la PlayStation anche venti minuti consecutivi, senza dover subire da papà un istruttivo documentario sugli effetti delle piogge acide. Il novenne può suonare la batteria anche un quarto d'ora intero fottendosene dei vicini. E io, la moglie pluriventenne, una volta tanto, posso presentare per cena toast, pop corn e Sprite senza per questo sentirmi Lady Macbeth.

Viene spontaneo pensare che, quando il *salutista* non c'è, i topi ballano.

Non è così, non facciamo festicciole alle sue spalle, non invitiamo gli amici per sparlare di lui. Semplicemente: quando papy non c'è, ci divertiamo ad avvelenarci.

Ma poi torna!

E se disgraziatamente ho dimenticato di comprare l'acqua oligominerale-bio-naturale e siamo quindi costretti a bere acqua minerale naturale, ma del rubinetto, la punizione minima che mi tocca subire è una lezione comparativa fra le varie sorgenti imbottigliate e i danni per la salute causati dagli idrocarburi disciolti nelle tubature arrugginite dell'impianto idrico cittadino.

E se per fretta ho comprato i mandarini nel supermercato vicino a casa, anziché dal nostro fruttivendolo-bio-cartier fuori porta, o se al posto di lenticchie certificate e broccoli non trattati pasteggiamo – una tantum, giusto per festeggiare il suo ritorno – a sofficini e spuma al ginger, secondo lui, come minimo, saremo costretti a fare la lavanda gastrica.

Di quando papy abbandona il bio-bio e si rifà col barbecue-barbecue

Dopo lo iodio del mare, ogni vacanziere doc sente il bisogno di ossigenare i polmoni. Nel mese di agosto, mio marito – che odia la folla – obbliga tutta la famiglia a ritemprarsi dal salino.

Anni fa si è fatto costruire una casetta in un piccolo villaggio di quasi montagna. La prima motivazione che lo ha spinto all'acquisto è stata: «Se scoppia la Terza guerra mondiale sappiamo dove sfollare!». La seconda: «Quando saremo vecchi, tu e io ci ritireremo a vivere lassù!».

Non ho ancora avuto il coraggio di dirgli che se scoppia un'altra guerra, stavolta credo non sarà sufficiente sfollare e che – piuttosto che ritirarmi a vivere lassù – preferisco non diventare vecchia, perché la sperduta località montana è amena come un funerale di terza classe, e mondana come un obitorio a ferragosto.

Per compensare la noia del villaggio, mio marito ha dotato la casetta di ogni comfort, compreso il bunker antiatomico. Dato che siamo in tempo di pace, il bunker è adibito a cantina e nell'attesa del prossimo conflitto mondiale, al posto di maschere antigas e scatolette di fagioli, per ora l'ha riempito di vini, caciotte e salumi, che di bio non hanno neppure l'etichetta. L'aria frizzante sopra i mille metri gli fa venire appetito e lui dice che in montagna i pesticidi sono meno dannosi, perché col freddo si metabolizzano più in fretta; lo afferma con tale sicumera che deve essere vero, quindi perché approfondire?

Per lui quel paesino è un angolo di paradiso. Per me

è un limbo, una specie di camera iperbarica, in attesa di tornare finalmente alla normale vita di città.

D'estate il mio uomo-forno-a-legna-dotato si esibisce in pizze farcite ai mille gusti, farinate di ceci e polpettoni con cui sfama se stesso, la prole e l'intera vallata. Il piatto in cui brilla maggiormente è la carne alla brace.

Tutti i maschi del mondo, e non solo il mio, hanno imparato l'arte del barbecue dai film americani. Non c'è film senza festa in giardino con omaccioni grembiulati che sfamano intere famiglie a colpi di colesterolo e salsicce: e l'universo maschile giù a copiare. Immagino che anche il presidente Kennedy in persona organizzasse tutti gli anni l'atteso barbecue di ferragosto, in cui egli stesso cucinava per gli homeless di Camp David. Be'! Mio marito non è il presidente Kennedy e la nostra casetta non è a Camp David, ma quanto a barbecue... La quantità di carne sanguinolenta e carbonizzata che mio marito riesce a cuocere e ingurgitare il giorno di ferragosto da sola sfamerebbe tutta l'Angola, senza bisogno dei nostri aiuti umanitari scaduti e putridi. Se poi è vero che qualsiasi tipo di carne macellata contiene una sostanza detta cadaverina, allora mi spiego perché – a fine estate – il mio consorte più che a un uomo somigli a uno zombie, senza neanche essere un presidente americano uscente.

Vacanze a parte – lunghe e dispendiose oppure brevi e spartane, ma possono essere anche lunghe e spartane, o brevi e dispendiose e comunque chi se ne frega degli aggettivi – settembre è il mese dei bilanci sulla bilancia e dei *buoni propositi*.

Di quando decide di darsi una regolata

Ogni 31 agosto lo sento riflettere fra sé e sé: «Non posso più nascondermi dietro un dito!». E dico, fra me e me: «Come cazzo ci stai dietro un dito, neanche fossi gatto Silvestro!». Inutile sarcasmo il mio, troppo facile.

Intanto lui continua a riflettere a voce alta, perché altrimenti non ricorda quello che pensa: «Sono leggermente sovrappeso, la mia è un'età a rischio, ho familiarità con le patologie cardiovascolari e con quello che ho mangiato quest'estate, più che familiarità ormai è parentela stretta. Anzi, vuoi vedere che quel batticuore improvviso per la biondina della baita non era innamoramento estivo come credevo, ma uno di quegl'infarti silenti di cui ho sentito parlare? Se non mi do una regolata va a finire che mi ritrovo senza biondina, ma con la solita moglie e tre by-pass!».

Sorvolo sulla biondina della baita: tale Inge, sedicente allevatrice di mucche. Secondo me, ex pornodiva.

Primo settembre: «Domani torno in città e mi faccio subito un bell'elettrocardiogramma, tutti gli esami del sangue e un'ecodoppler alle arterie, che non si sa mai!».

2 settembre: «... naturalmente prima di fare gli esami devo disintossicarmi, altrimenti è ovvio che saltano i parametri: per un mese mangio solo riso bollito e verdurine...».

3 settembre: «... poi mi iscrivo a un centro sportivo di quelli dove fai tutto: nuoto, tennis, pesi, yoga... sauna, solarium, massaggi... savate, aikido, tai-chi... calcetto, pugilato, pilates e stretching... Per combinazione, proprio ieri mi hanno parlato di un centro nuovo dove l'istruttore di pilates è americano, così mentre faccio ginnastica, studio inglese; oltretutto, pare ci sia un'area ristoro dove fanno un Negroni fantastico!».

4 settembre: «... accidenti, ieri ho pensato al Negroni. Quello è un vocabolo che devo bandire dalla mia mente, e anche "area di ristoro" è da bandire. E persino "Camogli", che tutti pensano sia una cittadina della Riviera Ligure e invece a me ricorda solo quei buonissimi panini di plastica dell'Autogrill...».

5 settembre: «... l'Autogrill dell'Autosole. Ma quanta gente c'era sull'A1 quest'estate? Neanche le regalassero, le vacanze. Non eravamo un Paese in crisi, peggio dell'America nel '29?...».

6 settembre: «... che grande Paese l'America! Il prossimo agosto voglio fare un *coast to coast* con moglie e figli. Laggiù sì che lo sanno fare il barbecue! Io gli insegno a fare la farinata e loro m'insegnano a fare l'angus, che a me viene sempre sbruciacchiato...».

7 settembre: «... e poi in America ci sono degli ottimi ospedali, che se mi prende un infarto silente, basta pagare e se ne accorgono subito!...».

8 settembre: «... non come qui da noi, che l'anno scorso, al ritorno dalle vacanze, ho fatto gli esami, mi hanno detto che tutti i valori erano sballati, le arterie ispessite, il fegato steatosico e invece sono ancora vivo! Saranno anche gratis, ma non ci azzeccano mai...».

9 settembre: «... e poi in America, mentre mia moglie porta i bambini a Disneyland e gli parla di indiani e cowboy, io mi iscrivo a uno stage di barbecue, incontro una stagista carnivora e finalmente smetto di pensare alla Inge e alle sue mucche...».

10 settembre: «... la Inge, le mucche, gli hamburger...».

Così riflettendo, pensierino dopo pensierino, ogni anno mio marito torna al lavoro. Ricomincia a stressarsi con i colleghi, a mangiare toast nella pausa pranzo, a fare duecento chilometri al giorno pur di vedere i bambini...

NOTA BENE: Ho capito che spesso i sogni come la Inge si trasformano in hamburger.

Ho capito che a mio marito il colesterolo dà alla testa quanto il Negroni.

Ho capito che il maschio non può elaborare più di un pensierino al giorno!

Di quando si rilassa guardando il Gambero Rosso in tivù

Mio marito è un gran cuoco. Non posso negarlo. Se fosse per me, nei periodi in cui lavoro, i bambini crescerebbero a croste di formaggio ammuffito e torsoli di pera come Pinocchio. Invece, quando c'è lui, il frigo si riempie miracolosamente di mille verdurine scelte foglia per foglia, ovetti biologici di galline che mangiano con coltello e forchetta, salumi insaccati in budelli di Gucci... insomma, materie prime di qualità irraggiungibile. Però, come ho già detto, mio marito non c'è mai perché lavora moltissimo. È una fortuna per la nostra economia familiare, visto che lui teme le carestie e il frigo non è mai abbastanza capace per le sue costosissime spese.

Di solito quando lavoro tanto io, lavora poco lui. E

anche questa è una fortuna perché, se ho da fare, almeno non vedo quello che fa... che è meglio.

E cosa farà mai quel pover'uomo di tanto tremendo, che è meglio che io non veda? Mette in pratica le ricette che vede in tivù; non quelle dei canali generalisti, dove si cucinano cibi elaborati, ma con ingredienti semplici... che se fosse per lui, quei cuochi lì potrebbero anche morire di fame. Mica è una casalinga, lui. Mica deve pensare a cosa mettere in tavola tre volte al dì per 365 giorni, che in quelli bisestili fa 1098 pasti all'anno.

Il *deficiente di modestia*, che cucina per passione, è un grande chef e le ricette cui si ispira non possono che essere quelle del Gambero Rosso.

Quando è disoccupato e si annoia o disturba, o si mette in poltrona, sintonizza la tele su Sky 410 e studia. Buoni cibi, buoni vini, grandi cuochi, grandi cucine, filosofia e cultura generale da tutto il mondo. Insomma, guarda il Gambero Rosso, che è un gran bel canale, non voglio dire di no. Ma è mai possibile che mio marito, quando non sa cosa fare, non guardi più neanche lo sport perché invece preferisce sentir parlare di cibo? Pare che lo sport gli sia venuto a noia. Una volta non si perdeva neanche le gare fra pulci in bicicletta. Ora dice che è tutto un business, che non esiste più la sana competizione ma solo il doping e che anche le pulci in bicicletta, senza droga, col piffero riuscirebbero a scalare il Turchino.

Per lui che non ha mai fumato neanche una sigaretta, il massimo di doping è il cibo. Per un po' ho anche pensato che fosse una copertura e che, appena mi sentiva arrivare, cambiasse canale perché in realtà stava guardando le donne nude e non voleva si sapesse.

Un bel giorno è tornato a casa con attrezzature – a detta sua – da cucina, di cui non conoscevo neppure l'esistenza. Un set di utensili che sembravano usciti da un film di Cronenberg. Quello dove Jeremy Irons interpreta due gemelli ginecologi: *Inseparabili*. Se non l'avete visto, fidatevi. Aggeggi impensabili, soprattutto in una cucina.

Poi si è messo ai fornelli.

Lo chef che me lo ha scatenato è stata una certa Nigella Qualcosa. Una sorta di pornostar tipo Jessica Rizzo in versione culinaria, che con voce suadente e fare altrettanto porco, propina in video ottimi piatti truculenti e molto sexy.

Il primo piatto sperimentato è stata la tacchinella farcita. Fin qui niente di strano, il tacchino farcito a Natale era il piatto forte anche di mia madre.

Nigella però lo ha presentato nella versione della Louisiana.

Dopo una spesa che gli è costata la tredicesima della tata, il mio chef si è messo ai fornelli.

Per prima cosa ha preparato la farcitura: una poltiglia di patate arrosto, quagliette e lenticchie in umido, castagne bollite, uvetta, sugna e spezie, il tutto ammollato nel latte e cotto nel vino; praticamente il mio pranzo di Natale dopo che ho vomitato! Indi ha preso una fagianella e, con quegli attrezzi orrendi, l'ha disossata. Poi, facendo attenzione a non squartarla, l'ha ingravidata con la farcitura di cui sopra.

Lo so che uso una terminologia non propriamente culinaria, ma non è colpa mia se Nigella deve il successo a quella sua cucina sensualmente perversa.

Poi ha preso un'anatra, l'ha disossata, l'ha aperta a libretto e riempita con la fagianella ripiena; quindi è venuto il turno della tacchinella, che ha disossato, aperto a libretto e riempito con l'anatra ripiena di fagiana ripiena. Infine ha infilato della pancetta fra la pelle della tacchina e le carni. Le ha fatto una specie di pancera di pancetta, come quelle che le attrici mettono sotto i vestiti per farsi il vitino da vespa.

La ridico daccapo, perché non è facile: dentro alla tacchinella in guepiere di pancetta c'è l'anatra, dentro l'anatra c'è la fagiana, dentro la fagiana ci sono le quaglie. Praticamente un'orgia.

A parte il fatto che il vezzeggiativo «tacchinella» mi sembra improprio perché, per starci dentro tutta quella roba, come minimo doveva farcire uno struzzo, mi domando: devo essere gelosa di Nigella o della tacchina in guepiere?

Ho deciso: domani vado in rosticceria e gli riempio il frigo. Poi indosso un baby-doll di chiffon molto sexy e voglio vedere se preferisce me o la tacchina!

NOTA BENE: Ho il sospetto che sia anche colpa mia se mio marito, davanti al Gambero Rosso, sublima venti anni di croste di formaggio ammuffito, torsoli di pera e sesso coniugale. Sublima e ingrassa!

Pappa, cacca, nanna

Un neonato piange principalmente per tre motivi: fame, mal di pancia, sonno. PAPPA, CACCA, NANNA. Questi bisogni primari nell'adulto non cambiano.

«Ho letto un'interessante teoria» mi disse mio marito un giorno in cui si sentiva storico: «Pare che l'impero romano, dopo secoli di dominio, sia stato abbattuto dai barbari perché gli aristocratici avevano preso l'abitudine di bere il vino in coppe di piombo per arricchirne l'aroma». Sottomessa ed esageratamente interessata domandai: «Perché caro? Quale effetto ebbe il piombo sugli antichi romani?». E lui, dotto: «Tutto quel piombo gli bloccò l'intestino. L'intestino bloccato li indebolì e i barbari calarono!».

Ricapitolando: se gli antichi romani non avessero iniziato a soffrire di stitichezza, oggi i miei figli non sarebbero costretti a studiare l'inglese e il nostro Presidente della Repubblica parlerebbe con la regina Elisabetta in romanesco: «A Elisabbe', soccontènto. Hai fattobbène a venimme attrova' ar Campidojo!». E la Regina Elisabetta risponderebbe con accento buffo e grammatica imprecisa:

«Te ringrazio, Preside'. How is tu moje?». Mentre il nostro Presidente del Consiglio direbbe al Presidente degli Stati Uniti d'America: «Aaa coso! Puredavvvòi se sta 'na cloaca?».

Sarebbe un mondo fantastico, infinitamente più facile anche per me.

«A regazzi'! Ciavète dafa' li compiti, speggnète la stazzione de ggiòco!» (Trad. it.: «Ragazzi, dovete fare i compiti, spegnete la PlayStation!».)

Immaginando un mondo dove si parla in romanesco, potrei tradurre frasi all'infinito e sarebbe anche divertente. Io però voglio ammorbarvi soffermandomi sul tema iniziale. I bisogni primari dell'uomo: ma non uomo inteso come specie, bensì uomo inteso come marito.

Della PAPPA non voglio più parlare. Ormai un'idea del rapporto che mio marito ha col cibo, seppur distantissima dalla mia dura realtà, ve la siete fatta. Rimangono la CACCA e la NANNA. Andrò con ordine perché dopo la PAPPA il neonato prima di dormire, deve sempre risolvere il problema CACCA.

Di quando il deficiente presidia la toilette

Quanto tempo passa in bagno mediamente, un marito qualunque?

Quanto tempo occorre a un marito qualunque per fare una doccia?

Quante canzoni conosce un marito qualunque, da cantare sotto la doccia? E quante ne canta in quel lasso di tempo?

Quanto ci mettono i vicini a impararle?

Quanti tipi di bagnoschiuma compra un marito qualunque? Quante spugne usa *contemporaneamente* un marito qualunque per fare una doccia? Quante volte dimentica di strizzarle dopo che ha finito? Quante ne cambia in una settimana perché ha visto in tivù che le spugne formano batteri pericolosi per la pelle?

Quanti accappatoi servono a un marito qualunque per asciugarsi dopo la doccia? Quanti asciugamani? Quanti tappetini col nome di alberghi esotici?

Quanta Pasta di Fissan usa per proteggere la sua epidermide, irsuta ma pur sempre da infante? Quanto borotalco?

Quante impronte lascia nel percorso dal bagno alla camera prima di ritrovare le ciabatte?

Quante volte un marito qualunque alza la tavoletta del water?

Quanti rasoi usa-e-getta occorrono a un marito qualunque per farsi la barba una sola volta? Quanti tipi ne ha provati prima di capire che con le testine mobili si ferisce orribilmente? Quanti asciugamani, originariamente tinta unita ora vivacizzati con pois bianchi (macchie di candeggina usata per lavare via il sangue da rasatura che per me è indelebile) circolano per casa mia?

Quanto vapore deve formarsi in bagno perché i pori del viso di un marito qualunque siano sufficientemente dilatati da potersi radere senza schiuma da barba che inquina? Quanta acqua calda consuma per formare il vapore necessario a una rasatura? Quanti bagni turchi ci alimenterebbe?

Che superficie ha l'Islanda?

Quanti dopobarba usa di solito un marito qualunque?

Quanti profumi? Quanti deodoranti? Quanto spende?

Quanti tubetti di dentifricio apre *contemporaneamente* un marito qualunque?

Quanti colluttori usa per la propria igiene orale? Quanti chewingum mastica in un giorno? E soprattutto, chi cazzo deve baciare se non me?

Quanti tipi di filo interdentale esistono in commercio: cerato, non cerato, con spugnetta, senza spugnetta, effetto scovolino, effetto vibrato, effetto 'staminchia? Quanti ne compra un marito qualunque? Quante volte si intasa il gabinetto a causa del filo interdentale che il marito qualunque ha gettato nello scarico? Quanto costa il rifacimento della colonna scarichi del condominio, compreso l'intonaco e la coloritura del soffitto del vicino di sotto dopo che il water è tracimato per intasamento da fili interdentali?

Quanti spazzolini da denti con le setole che scolorano all'uso cambia in un mese un marito qualunque? Che marca di spazzolini da denti bisogna comprare per non ridursi sul lastrico?

Quante volte un marito qualunque chiude l'acqua per non sprecarla mentre si lava i denti? Quanta acqua si spreca per pulire il dentifricio incrostato nel lavandino? E per quello incrostato sulla consolle? E per quello incrostato sulle mie nuove scarpe décolleté di vernice?

Quanta carta igienica usa un marito qualunque per soffiarsi il naso? E per asciugare il pavimento allagato? E per pulirsi la suola delle scarpe?

A quanti veli la vuole la carta igienica, un marito qualunque, per pulire lo specchio del bagno lasciandoci sopra tutti i pelucchi?

Quanta carta igienica bisogna comprare per soddisfare le varie esigenze di un marito qualunque? Quanti vani deve avere una casa, per adibirne uno esclusivamente allo stoccaggio-scorte-carta-igienica? È conveniente immobilizzare tanto denaro investendo in carta igienica?

Quanti chilowatt di luce consuma un marito qualunque durante una permanenza media in bagno per studiarsi la prima ruga? Quanto risparmierebbe se comprasse un banalissimo contorno occhi? Quanti punti di sutura gli daranno quando lo beccherò mentre usa di nascosto il mio?

Quanto tempo occorre a un marito qualunque per liberare l'intestino?

A quest'ultima domanda non so rispondere. Fortunatamente noi a casa non usiamo bicchieri di piombo.

... e quando fa la nanna?

Notte.
Lui: Dormi?
Lei: ... *ivo.*
Lui: Chi è Ivo?
Lei: È passato.
Lui: Lo credo che è passato. Sono io il tuo presente!
Lei: ... *ivo* nel senso che dorm-*ivo*: è passato il momento in cui dormivo. Imperfetto!
Lui: Nessuno è perfetto.
Lei: Grrr...
Lui: Dormivi, ma per dare lezioni di grammatica sei sveglia.
Lei: Sono le tre del mattino.

Lui: Non riesco a dormire, ti spiace se guardo un po' di algebra in tivù.

Lei: Guardala senza volume.

Lui: Ma senza volume non capisco cosa dicono.

Lei: Perché col volume invece capisci?

Lui: Magari c'è un film.

Lei: Fai quello che vuoi, ma non fare rumore.

Lui: Ok. Allora leggo.

Lei: Se ti appoggi il libro sulla pancia, quando volti le pagine fai rumore.

Lui: Non posso leggere facendo gli addominali per tenere il libro alzato.

Lei: ...

Lui: Dormi?

Lei: In passato.

Lui: Che palle 'sta grammatica.

Lei: Volevo dire che dormivo in passato, quando non c'eri tu a rompere.

Lui: Scusa, sembravi sveglia.

Lei: L'apparenza inganna.

Lui: E allora chiudi gli occhi mentre dormi, sennò sembri sveglia.

Lei: Sono chiusi.

Lui: Sembrano aperti.

Lei: Sono disegnati aperti sulla mascherina da notte, ma sotto li tengo chiusi.

Lui: E allora gira la mascherina dall'altro lato.

Lei: Se la giro dall'altro lato, gli occhi disegnati mi guardano mentre dormo e ho paura.

Lui: Se non la giri ho paura io. Mi fa impressione stare a letto con te che sembra che dormi con gli occhi aperti.

Lei: Cambierò mascherina.

Lui: Non puoi dormire senza?

Lei: Se spegni la luce posso azzardare un tentativo.

Lui: Attenta che non sia troppo rischioso.

Lei: Ci stai zitto? Sono le quattro del mattino...

Lui: ... e tutto va bene.

Lei: Fai lo spiritoso, tanto domattina tu dormi, ma io alle sei sono in piedi.

Lui: Perché, dove vai alle sei? Il parrucchiere apre apposta per te?

Lei: Non so se ti risulta, ma i tuoi figli al mattino vanno a scuola.

Lui: Alle sei?

Lei: Non è colpa mia se l'autista dello scuolabus abita vicino a noi e passa a prendere i nostri figli per primi.

Lui: Allora cambiamo casa! La cerchiamo lontana dall'autista dello scuolabus e con una stanza in più.

Lei: Ti spiace se la cerchiamo domani? Sono le quattro e mezza, sai? Se dormiamo ora, domani saremo in forze per l'eventuale trasloco.

Lui: Sì, scusa... dormi pure!

Pausetta illusoria.

Lui: A parte gli scherzi: non capisco perché sei contraria. Nei film americani, se non sbaglio già negli anni Quaranta, Cary Grant dormiva in stanze separate...

Lei: Cary Grant!

Lui: Anche nei film inglesi, Hugh Grant...

Lei: Tu non ti chiami Grant.

Lui: Che c'entra? Ognuno dorme in camera sua e quando vogliamo copulare ci vediamo a metà strada.

Lei: Sì, scopiamo in corridoio.

Lui: Oppure nella camera degli ospiti dove dorme quell'abusiva di tua madre, tanto è sorda!

Lei: Mia mamma è sorda, ma le tue cattiverie le sente benissimo.

Altra pausetta ingannevole.

Lui: Non capisco perché in Italia siamo così restii a riconoscere l'utilità di autogestire gli spazi in ambito matrimoniale. Che io sappia neppure il Vaticano ha mai esternato in proposito.

Lei: Senti, sono le cinque. È già finita l'algebra in tivù?

Lui: Non potremmo sfollare tua madre dalla camera degli ospiti e fare lì camera tua?

Lei: Sì, e poi quando mia mamma viene in visita dove me la metto?

Lui: Se viene solo in visita, poi può tornare a casa sua.

Lei: Come sei antipatico, mia madre ti adora.

Lui: Anche io la adoro: quando sarà morta avrò di lei un ottimo ricordo.

Lei: Scemo.

Lui: Sto scherzando, dai... ma almeno concedimi i letti separati.

Lei: Separati ma attaccati, sennò i piedi vado a farmeli scaldare dal vicino nuovo, che è tanto una cara persona e sono sicura che si presta volentieri.

Lui: Quel palestrato di sotto? Ma se potrebbe essere un tuo cuginetto...

Lei: Appunto. Se fa il medico gli chiedo di giocare al dottore.

Lui: Vada per i letti separati-attaccati. Ma voglio due letti gemelli da un metro e sessanta, ognuno con cuscini, lenzuola e piumino privato.

Lei: Due letti da un metro e sessanta, fa un lettone da tre metri e venti, cioè largo come la parete, quindi non è un letto, ma una mensola!

Lui: Con un letto così grande pensa che salti possono fare i bambini.

Lei: Se faranno i trapezisti al circo Togni, potranno allenarsi direttamente a casa!

DRIIIIN!

Lei: Sono le sei.

Lui: Di' ai bambini di non fare rumore che adesso papà dorme.

Lei: Sì, caro!

Padre ma soprattutto madre

La prima volta che ho sentito esprimere un concetto così rivoluzionario, l'oratore non candidava se stesso ma ben altri al ruolo sia di padre che di madre. Quell'uomo coraggioso ha regnato trentatré giorni e poi è morto.

Pare sia stato fatto fuori...

Di quando il deficiente è padre ma soprattutto madre

Quella mattina avevo due linee di febbre e un po' di tosse.

Decisa ad approfittarne per farmi i fatti miei prima del ritorno dei bambini da scuola, mi ero spalmata il viso con una maschera di bellezza idratante e ancora in pigiama sgranocchiavo sedano e carote crude guardando un filmetto in tivù.

Vedendomi rilassata, ma soprattutto concentrata su qualcosa di diverso dalla sua persona, mio marito, temporaneamente disoccupato, vagava per casa. «Cosa fai? Guardi la tele?» Per togliermelo di torno, alzavo il sipario sul primo atto della *Bohème* recitando il ruolo di Mimì nella versione della Callas, cioè esibendo la tisi incurabile di una donna a dieta ma con tanta voce: «STO MAAAALE!». E lui, perfetto per il ruolo di Rodolfo, il poeta sfaccendato: «Stai male e ti metti la maschera idratante?». La domanda ovvia mi trovava impreparata. «Non è una maschera idratante: è Vicks Vaporub!» mentivo. «Ne ho messo *tanto* perché sto male *tanto*. TOGLITI DAI PIEEEEDI!»

Finalmente squillò il telefono. Da scuola chiamavano per avvertire: «Stia calma signora, i suoi figli stanno bene, solo che il grande ha quaranta di febbre!».

Il mio Rodolfo, preso dal panico e insensibile al mio grave stato di salute, mi costringeva a sprecare una maschera idratante costosissima, mi impediva di vedere la fine del film e mi trascinava a scuola in pigiama con sopra il cappotto. Farneticava: «Le conosco queste scuole private, non vogliono spaventare perché se mi viene un infarto poi chi gliela paga la retta?... Come possono dire che il bambino sta bene con quaranta di febbre... E se era morto cosa ti dicevano: non si agiti signora, in fondo le resta un altro figlio?!?».

E così, elucubrando di disgrazia in disgrazia, arrivavamo a scuola. Il grande aveva la febbre, non a quaranta ma a trentotto. E qui si dimostrava la veridicità della teoria di mio marito per cui, effettivamente, nelle scuole private più paghi... più febbre hai: mio figlio doveva aver pagato parecchio, pur di saltare l'interrogazione di storia.

Già che c'era, il *malfidato* volle portarsi a casa anche il figlio piccolo, con la scusa che durante la notte aveva tossito una volta. Durante il tragitto in macchina sfogò sul bimbo febbricitante il suo repertorio di ansie ipocondriache.

Tendenzioso suggeriva sintomi e prescriveva cure, tipo: «Amooore ti fa male la gola? Bisognerà togliere le tonsille! Hai male alla gamba? Facciamo un'appendicectomia! Ti scappa la pipì? Hai sete? È diabete!». Mano a mano che la malattia si aggravava, l'ansia di papy aumentava insieme al suo tono di voce. Mentre il figlio piccolo, nonostante il papà tenore, alla prima curva si era addormentato, il grande era sotto shock dalla paura.

Di ansia in ansia anche il mio stato di salute era peggiorato. Ero sempre Mimì, ma nella versione della Ricciarelli: incazzosa e violenta. Iniziai il secondo atto della *Bohème* con parolacce per nulla ottocentesche e sputando i polmoni nel portone.

Oltretutto ormai era l'ora di pranzo, e tutti dovevano mangiare. «Che palle» pensavo. «Ma quelle magnifiche pillolette al buon sapore di pasti luculliani che mangiavano gli astronauti, che fine hanno fatto? Lo dicano gli americani che sono andati sulla Luna solo per vendere più Coca-Cola e pop corn!»

Apro una parentesi.

Mio marito di solito, quando mi lamento e avanzo rivendicazioni femministe, afferma: «Voi donne avete il grande privilegio di partorire. Se togliete al maschio anche l'onere-onore di pensare al sostentamento della famiglia, noi uomini che ci stiamo a fare?».

Solitamente non abbocco alla provocazione, perché il mio prezzo è più alto del piacere di una battutina. Però, anche se camuffato con ironia, è evidente il disagio: oggigiorno anche uomini evoluti come mio marito nel profondo soffrono per mancanza di ruolo. Poverini!

Tornando all'episodio in questione, quel giorno il

problema di una generazione di uomini moderni in cerca di identità trovava in mio marito una soluzione che coincideva con i miei desideri. Arrivati a casa, l'umore gli era magicamente mutato e anche la febbre del figlio era diventata fonte di felicità. Il suo sogno si stava avverando: lui, temporaneamente disoccupato, aveva a disposizione tutta la famiglia in pantofole, quasi tutti malati e quindi impossibilitati a sottrarsi alla sua amorosa presenza.

Quel giorno oltre che *padre* poteva essere anche e soprattutto *madre*.

Mentre io scatarravo il terzo atto della *Bohème* formulando sarcastici pensieri, papy si mise sfringuellando ai fornelli. Cucinò un leggerissimo pranzetto per la sua famiglia di ricoverati. Telefonò al pediatra stressandolo con ipotesi di malattie incurabili. Tentò di leggere ai bambini *Moby Dick*. Non riuscendoci, concesse dieci minuti di Disney Channel.

Finiti i dieci minuti, rinnovò la concessione per altre due ore, ma solo al figlio malato, perché l'altro figlio doveva andare a nuoto. Accompagnò il piccolo a nuoto. Durante l'ora di nuoto vagò per la città in cerca delle medicine omeopatiche introvabili, prescritte da quel sadico del pediatra. Non trovandole, optò per un antibiotico qualunque.

Tornò dal piccolo che aveva finito di nuotare e lo docciò. Lascio all'immaginazione di ognuno il momento doccia.

Dopo la doccia, fradicio più del figlio, accompagnò il bimbo a pianoforte. Durante l'ora di pianoforte fece la spesa. Comprò tanto stracchino da sfamare l'intero reparto malattie infettive dell'ospedale cittadino. Tornò a prendere il piccolo a pianoforte, ma arrivò in ritardo causa traffico.

Ascoltò la maestra di piano che si lamentava perché il piccolo non aveva studiato. Arrivò a casa che era buio già da tre ore.

Il grande scottava più dei termosifoni, che invece erano freddi. Mentre il *pater familias* sfiatava i caloriferi e si aggirava per casa alla disperata ricerca di un catino, mia madre telefonò. Temendo ripercussioni, il *deficiente di catini* finse interesse. A lungo.

Lui: Chi è?
Suocera: Mi riconosci?
Lui: Come non potrei!
Suocera: Mia figlia come sta?
Lui: Stamattina tossiva, ora non più. Forse è morta. Ti devo lasciare. Sto sfiatando i caloriferi e ora è tutto allagato...
Suocera: Sai che la mia vicina è stata derubata?
Lui (con sproporzionato, sarcastico interesse): Ah, sì?
Suocera: Sono arrivati due tizi eleganti, hanno detto che erano della finanza, le hanno chiesto se aveva in casa delle banconote da cinquanta euro perché ci sono in giro soldi falsi... lei combinazione era appena tornata dalla banca... pensa questi, si vede che l'hanno seguita... be', per farla breve...
Lui: Ecco, falla breve.
Suocera: Sì... mia figlia oltre alla tosse ha anche la febbre?
Lui: No, è gelata, direi rigida. C'è altro?
Suocera: Lo credo che poi vi ammalate. State sempre in corrente! I miei nipotini? Sono tornati da scuola?
Lui: No, dormono dalla bidella! Certo che sono tornati. Gli sto facendo da mangiare.

Suocera: Il piccolo ha una faccetta da schiaffi che non ti dico.

Lui: Ecco, non dirmelo.

Suocera: Sai cosa mi ha detto quando gli ho dato i soldini del topolino: nonna, ti voglio bene!

Lui: Cinquanta euro per un incisivo. Se era un elefante quanto gli davi?

Suocera: Sai che ho pianto?

Lui: Lui ha pianto quando glieli ho chiesti in prestito.

Suocera: Già che ti sento... ti ricordi che in banca mi avevano consigliato di comprare i bond argentini?

Lui: E chi se lo dimentica!?! Ti sei giocata l'eredità di tua figlia...

Suocera: Sono dei disonesti. Cosa ne so io dei bond, vedono una...

Lui: ... vecchia...

Suocera: No caro, si dice *diversamente giovane*!

Lui: C'è ancora molto?

Suocera: Certe volte sei proprio antipatico. Passami mia figlia.

Lui: Ti ho detto che è morta.

Suocera: A proposito: in televisione hanno detto che per digerire bene, bisogna mangiare adagio.

Lui: Se telefoni sempre all'ora di cena, mangiamo adagio per forza.

Suocera: O scuuuuusa! Stavate mangiando...

Lui: Sto preparando per i bambini, il calorifero perde, tua figlia è mancata...

Suocera: E tu non mangi? Non ci credo neanche se ti vedo.

Lui: Hai bisogno d'altro? Ho fretta.

Suocera: Quando parlate con me, avete sempre fretta. Sono qui sola... È brutto essere soli, sai?

Lui: Specie quando non trovi il catino...

Suocera: È sulla lavatrice.

Lui: Grazie.

Suocera: Io sono vedova...

Lui: Da oggi anch'io. Ciao.

Suocera: Sai che il mio supermercato vende le banane a 99 centesimi al quintale? Non come il tuo fruttivendolo bio-come-si-dice.

Lui: Bio-*logico*.

Suocera: No che non è logico spendere quel che spendete voi per una lattuga.

Lui: Meglio spendere in lattughe che in bond argentini. Ciao.

Suocera: È un po' che non sento tua madre. Come sta?

Lui: È viva credo. Ciao.

Suocera: Il cinismo di voi giovani è insopportabile.

Lui: Non siamo più tanto giovani. Siamo *diversamente vecchi*, ma ormai neanche tanto diversamente. Ciao.

Suocera: Se siete vecchi voi, cosa dovrei dire io?

Lui: Ecco, pensaci stanotte, poi me lo dici domani!

CLICK!

Mentre asciugava il pavimento dallo sfiato dei caloriferi, sua madre telefonò. La liquidò velocemente.

Lui: CHI È?

Sua madre: Sono la mam...

Lui: Ti chiamo dopo!

CLICK!

Il piccolo aveva fame. Il grande aveva mal d'orecchie. La sospensione antibiotica non si apriva. La tata aveva il giorno di riposo. Sfamò i figli con stracchino e prosciutto cotto. Li pigiamò, li costrinse a maleparole a lavarsi i denti e li spedì a dormire a calci in culo. Si sdraiò a letto vestito e si addormentò.

NOTA BENE: Io avevo interpretato tutto il giorno la parte di Mimì. Nel pomeriggio recitai il quarto atto. L'ultimo. La morte di Mimì.

Una volta morta Mimì, erano tutti cazzi di Rodolfo...

NOTA BENE BENE: Da quella volta, a ogni mia rivendicazione il *padre ma soprattutto madre* risponde: «Sì, amore! Hai ragione, amore!».

Noi donne dobbiamo essere grate a uomini illuminati come mio marito che ci hanno concesso il voto. Uomini aperti ai problemi dell'emancipazione femminile come mio marito che ci hanno fatto studiare. Uomini attenti all'equiparazione di generi e razze come mio marito che ci hanno spinte a lavorare. Uomini come mio marito che hanno combattuto al nostro fianco per aiutare noi donne a farci ascoltare.

Io però sono grata soprattutto a Mimì... che è morta al quarto atto!

Ogni genitore è bello al figlio suo

Il 19 marzo è la festa del papà. La festa del *mio* papà, non certo del papà dei miei figli.

Il mio papà era fantastico: l'uomo più gentile, generoso, buono che io abbia mai conosciuto. Era anche bellissimo, somigliava sputato a Humphrey Bogart. Persino nella statura, perché il mio papà, come Humphrey, era piccoletto e tutti sanno cosa contiene la botte piccola. Il mio papà aveva i baffi e Humphrey Bogart no, ma mia madre somiglia moltissimo a Lauren Bacall, quindi vale; e poi sono sicura che se Humphrey Bogart avesse avuto i baffi, si sarebbe vantato di somigliare a mio papà!

Invece mio marito somiglia sputato a Sean Connery, ma poveretto non è colpa sua.

Se oggi fosse vivo, il mio papà avrebbe novantotto anni, ma sono certa che ne dimostrerebbe al massimo cinquanta. L'età che aveva quando sono nata io.

I miei genitori mi hanno avuta tardi perché, come dice mia madre con un filo di amarezza, «papà era uno a cui piaceva correre la cavallina...». Non sapevo che papà, oltre a tutti gli altri pregi, fosse anche un abile fantino!

Comprendo però il disappunto di mia madre quando ne parla: effettivamente l'equitazione è uno sport pericoloso. Comunque, mio padre non doveva essere un granché come cavallerizzo perché in casa non c'è neppure un trofeo.

Quel poveretto del mio Sean Connery naturalmente non si intende di cavalli, lui più in là del calcio non va; anche il mio papà era appassionato di calcio e tifava per la gloriosa Sampdoria, non come *Sean* che tifa per quegli sfigati della Sampdoria.

Il mio papà in casa non ha mai mosso un dito e l'unica volta che ha asciugato un piatto, l'ha rotto. D'altronde l'educazione che si dava ai maschi era così privilegiata: *colpa di mia nonna* se papà non sapeva fare niente in casa.

Sean Connery invece cucina molto meglio di me, ma dopo devo chiamare La Rapida, impresa specializzata in pulizie aziendali, perché un'alluvione fa meno danni del suo, peraltro ottimo, branzino con carciofi: *colpa di mia suocera* se mio marito sa cucinare.

Come padre, il mio papà è stato straordinario, se si esclude che quando sono nata non ha voluto prendermi in braccio per tre giorni solo perché ero femmina e lui avrebbe voluto un maschio per tramandare il cognome; sorvolando sul fatto che di notte non si è mai alzato una volta per vedere se ero viva o se morivo soffocata dal pianto; minimizzando il particolare che, appena poteva, come ho già detto, praticava equitazione andando a *correre la cavallina*, mentre mia mamma stava in casa... per il resto è stato magnifico e queste piccole mancanze sono figlie della mentalità maschilista di quegli anni.

Sean Connery dei poveri, invece, non ha mai perso una sola notte di sonno per ninnare i bambini e al mattino si alza fresco come una rosa e non capisce perché io sia così distrutta. Devo riconoscergli di aver preso bene la storia di dare alla sua maschia prole anche il mio cognome, ma sospetto che sia perché ha capito che, in caso di eventuali nipotini, il cognome che durerà nel tempo, sarà comunque solo il suo: Connery.

Mio papà amava la musica. Di notte accendeva l'impianto stereo e si metteva le cuffie per non disturbare. Il più delle volte, purtroppo, dimenticava di inserire lo spinotto, e alle tre del mattino l'intero condominio si svegliava di soprassalto, con l'orchestra di Ray Conniff che saxava *Besame mucho* a tutto volume. Non capisco perché mia madre si arrabbiasse tanto. Forse lei avrebbe preferito l'orchestra di Paul Mauriat, ma bastava dirlo: papà aveva un carattere meraviglioso e l'avrebbe sicuramente accontentata, pur di farla tacere.

Sean invece, per lasciarmi il potere sul telecomando, viene a letto con il computer portatile e digita tutta la notte i video di YouTube senza neanche togliere il volume, perché tanto io dormo con i tappi nelle orecchie e la mascherina da Zorro sugli occhi. Se non gli piace la mascherina da Zorro basta dirlo: ne ho un'altra da Pietro Gambadilegno. E se invece lo fa perché spera che io vada a dormire sul divano, così lui può arrotolarsi nelle coperte stropicciandomi liberamente il lenzuolo stirato di fresco, si sbaglia di grosso: piuttosto smetto di vedere *Ghost*, tanto lo conosco a memoria, fingo di appassionarmi ai video di surf oceanico che piacciono a lui e, di nascosto, rimbocco la coperta oltre la mia metà, così più lui tira, più si mantiene la piega a ferro. A me piace dormire corpo a corpo, lui invece ha bisogno dei suoi spazi. Non capisco perché: se la casa è intestata metà per uno lo sarà anche il letto, no?

Ora che ci penso, la casa di mio papà era intestata tutta a mia mamma. Forse è per questo che papà aveva un così bel carattere.

Come ho detto, a differenza di mio papà, mio marito spergiura di non avere alcuna passione per l'equitazione, ma è spesso fuori per lavoro. Chi me lo garantisce che invece non vada alle corse? Anche se la casa è intestata a tutti e due, faccio presto a tirar su un muro in salotto e a tenere il televisore dalla mia parte: voglio vedere se dopo continua a darsi all'ippica.

A dirla tutta, il mio papà un difetto l'aveva: giocava d'azzardo, specialmente a *chemin de fer*. Guarda caso, l'unica caratteristica in cui mio marito somiglia a mio padre è proprio questo difetto: la passione per il gioco. Il mio Sean Connery non va al casinò, ma ogni Natale compra il biglietto della lotteria di capodanno e poi lo perde. Spende solo cinque euro, per carità, ma che differenza c'è fra giocare al casinò e giocare alla lotteria? In ogni caso si perde, ma almeno il mio papà perdeva molto di più!

Ricapitoliamo: mio marito, anche se non è colpa sua, somiglia a Sean Connery, dice che non gli piace *correre la cavallina*, è sampdoriano, non mi ha mai aiutata con i bambini, cucina e ogni anno perde il biglietto della lotteria.

Mio papà invece, era meglio di Humphrey Bogart, correva la cavallina, era sampdoriano, non voleva una figlia femmina e giocava d'azzardo.

Vuoi mettere che uomo affascinante mio padre. Beata mia mamma!

E quella santa donna di sua mamma?

Mia suocera e io ci adoriamo, d'altronde non so come potrebbe essere diversamente, visto che io sono un'ottima nuora e lei è un'ottima suocera. Purtroppo, essendo mia suocera *donna praticamente perfetta* e avendo lei fatto un carretto di figli, mio marito, ogni due per tre, la cita quale fulgido esempio da seguire: «Mia madre, con sette figli...». Neanche fosse Biancaneve! Forse in altri tempi si facevano tanti figli perché servivano braccia per arare i campi o perché i bambini morivano come mosche, ma visto che nella famiglia di mio marito non ci sono coltivatori diretti, né negli anni Sessanta c'era il pericolo di perdere prematuramente qualche figliolo a causa di scorbuto o vaiolo, e visto che la tivù c'era già e, volendo, una coppia avrebbe potuto ammazzare il tempo anche con il varietà televisivo che all'epoca non era malvagio... se quella poveretta di sua madre ha fatto sette figli, non è mica colpa mia!

«Mia madre non era mai stanca!» Echissenefrega, dico io. Si vede che assumeva sostanze stupefacenti di buona qualità e alla sera era ancora stupefatta per essere sopravvissuta alla sua giornata.

«Casa nostra era come un ristorante» dice mio marito. «Io ogni giorno portavo almeno due compagni di scuola a pranzo, e anche i miei fratelli portavano i loro compagni a pranzo. Mia madre sorrideva e sfamava tutti.» E cosa ci vuole, penso io, basta mettersi d'accordo con un servizio di catering che se vuoi ti porta a casa

117

il cibo, i piatti e pure le sedie. Tu paghi e loro ti fanno la fattura, così te la scarichi dalle tasse come pranzo di rappresentanza. Lo so che è azzardato definire «rappresentanza» un mezzogiorno con bambini, ma se la finanza ti contesta, prima o poi un condono tombale il governo lo farà per forza. Basta aspettare fiduciosi. E visto che sei un genitore con figli a carico puoi sempre giustificare la definizione «rappresentanza» come investimento per il futuro dei tuoi figli. Non è forse obbligatorio al giorno d'oggi coltivare le relazioni con i compagni di classe fin dalla scuola elementare? Che se non coltivi poi succede che, una volta entrati nel mondo del lavoro, i tuoi figli si ritrovano come capufficio quel compagno che prendeva solo insufficienze, e non avanzano di livello perché quando erano in seconda elementare non lo hanno mai invitato a pranzo, perché tu li obbligavi a non frequentarlo dicendo che era un asino. Chiedi al commercialista se il mio ragionamento fila.

«Mia madre ci portava tutti e sette a fare sport da una parte all'altra della città. In autobus!» dice mio marito, guardandomi con aria sarcastica. E io mi domando: per portarvi tutti e sette, affittava l'autobus direttamente all'Azienda Municipalizzata Trasporti o ne dirottava uno a caso sequestrando il conducente?

«Mia madre puliva, stirava, cucinava, faceva la spesa, si occupava dei suoi genitori anziani e anche dei suoceri, anziani pure quelli. E sorrideva sempre!» Io penso: si vede che aveva una paresi.

«Mia madre per quindici anni si è alzata tutte le notti perché c'era sempre un figlio che stava male, lo portava nel suo letto e cantava per farlo calmare.» Domando: voi figli piangevate a turno e lei cantava tutte le notti? Pensa com'erano contenti i vicini.

«Mia madre ci aiutava a fare i compiti, andava a parlare con i professori, ci portava dal medico, faceva quadrare i conti a fine mese, pagava le bollette, accompagnava i nonni in visita al cimitero, impastava i ravioli a Natale, rammendava calzini, aggiustava la lavatrice, ci faceva scuola guida, ci leggeva le favole, ci portava al pronto soccorso perché c'era sempre un figlio ferito, accompagnava i nonni in visita al cimitero...» No, caro! Quella dei nonni l'hai già detta.

«E in più, lavorava in ufficio con mio padre!»

«A proposito» domando io, «e tuo padre?»

«Mio padre l'ho appena detto, lavorava in ufficio.»

«Lavorava in ufficio, e poi?»

«E poi guardava la tivù!»

The show must go on

A volte ritornano

Lui: Mia madre ha incontrato la mia ex fidanzata.
Lei: Che notiziona!
Lui: Te la ricordi? Quella bruna...
Lei: Quella con i baffi?
Lui: Anche tu hai i baffi.
Lei: Sì, ma io li tolgo con la ceretta.
Lui: E lei li schiarisce.
Lei: Li schiarisce e poi li usa come catarifrangenti in autostrada.
Lui: Sei solo gelosa. Sai come si dice? Donna baffuta...
Lei: ... punge.
Lui: Scema.
Lei: Sto scherzando, scuuusa.
Lui: Lei e mia madre sono ancora molto affezionate.
Lei: Sono affezionate solo perché lei è ex.
Lui: Be', sono contento che mia madre abbia buoni rapporti con le mie ex.
Lei: Se divento ex, tua madre mi adorerà.

Lui: Mia madre ti vuole bene anche se siamo sposati.

Lei: Sì, ma se fossimo ex, me ne vorrebbe anche di più.

Lui: Non è vero, lei ti adora: dice che sei così... così...

Lei: Se vuoi ti lascio un paio di giorni per pensare.

Lui: Dice che sei così cara.

Lei: Bontà sua.

Lui: Cara nel senso di costosa: ha visto lo scontrino del trilogy di diamanti che ti ho regalato per l'anniversario di matrimonio.

Lei: Gliel'hai detto che non era un regalo, ma un risarcimento danni?

Fuga da Alcatraz

Lui: Dove vai?

Lei: Dal parrucchiere.

Lui: Ancora? Ma non c'eri andata due giorni fa?

Lei: Due giorni fa ero dall'estetista.

Lui: Allora non è vero che la tua estetista è bravissima.

Lei: Scemo.

Lui: Scusa. E perché vai dal parrucchiere?

Lei: Devo fare la tinta.

Lui: Ma non l'avevi fatta la settimana scorsa?

Lei: No, la settimana scorsa ho fatto il taglio.

Lui: Se hai fatto il taglio, perché hai ancora i capelli lunghi?

Lei: Li ho solo spuntati.

Lui: E adesso perché devi fare la tinta?

Lei: Perché mi si vede la ricrescita.

Lui: Dopo quanto ti si vede la ricrescita?

Lei: L'ultima volta che ho fatto la tinta era Natale dell'anno scorso.

Lui: Oggi è il 2 gennaio.

Lei: Appunto: quest'anno non l'ho ancora fatta.

Lui: Vuoi dire che per quest'anno non la farai più?

Lei: Se tiro il gambino, no.

Lui: Tu mi nascondi qualcosa. Una di queste volte ti seguo.

Lei: Se scopri che vado affanculo, PRECEDIMI!

Psycho

Lui: Dove vai?

Lei: A fare la spesa.

Lui: E dove vai a fare la spesa?

Lei: Al supermercato.

Lui: Al supermercato ci sono gli Ogm. Io non voglio organismi geneticamente modificati in casa mia.

Lei: Perché? Hai paura del confronto?

Psycho colpisce ancora

Lei: Amore, hai investito i nostri risparmi in acque potabili perché c'è siccità?

Lui: Ma sei scema? L'acqua è un bene di tutti, non si può speculare.

Lei: Allora hai comprato cinquanta casse di Ferrarelle solo perché hai tanta sete?

Pollicino

Lei: Amooore, hai sparso briciole per casa perché hai paura di perderti o perché hai deciso di arrotondare allevando formiche di razza?

Cogito ergo bum 1

Lui: Ho letto che le spugnette per i piatti vanno cambiate tutti i giorni perché sono un ricettacolo di microbi. Non mi farai mica mangiare i microbi?
Lei: Da quando sei diventato vegetariano?

Cogito ergo bum 2

Lui: Ho letto che il ghepardo, per mangiarsi una gazzella, deve andare a 120 chilometri all'ora. Quando finalmente l'ha presa ne mangia solo un pezzetto, perché arrivano i leoni e gliela fregano.
Lei: E poi tu ti lamenti! Il ghepardo sì che fa una vita di merda!

Cogito ergo bum 3

Lui: Ho letto che nel mondo animale la femmina sta con i cuccioli e il maschio sparge il seme.
Lei: Ho letto che nel mondo vegetale per spargere il seme il maschio non serve. Bastano il vento e le api.

Amica 1: Non ci credo!

Amica 2: ... e lui si è messo con la segretaria.

Amiche 3-4-5: Banale.

2: Certo che è banale: quasi tutti ci provano con la segretaria. *Non sia mai che con la segretaria non ci vai!*

1: Io faccio la segretaria, ma il mio capo con me non ci ha mai provato.

3: Il tuo capo è omosessuale, ci avrà provato con il fattorino!

4: Scusate, ma la moglie?

2: La moglie all'inizio ha pianto un po', poi si è messa con il prof di catechismo del figlio e ora è incinta.

1-3-4-5: CHESSSSIMPAAAATICA!

4: Io credevo che lui se la intendesse con la madre della biondina di III C, e invece era la moglie che se la faceva con l'insegnante di catechismo del figlio.

3: La madre della biondina di III C si è messa con mio fratello. Mia cognata ha fatto un casino...

1-2-4-5: CHESSSSIMPAAAATICA!

3: Chi?

1-2-4-5: Tua cognata.

3: Mio fratello non ha fatto un plissé e l'ha mollata.

1-2-4-5: Chi ha mollato? La madre della biondina di III C?

3: No, mia cognata!

1-2-4-5: CHESSSSIMPAAAATICA!

3: Chi? Mia cognata?

1-2-4-5: No, tua madre, che da un giorno all'altro si è trovata come nuora la madre della biondina di III C.

3: Prima mia madre e mia cognata si odiavano, ma da

quando mia cognata non sta più con mio fratello, lei e mia madre sono due culi in un paio di braghe. Mia madre adesso odia la madre della biondina di III C.

1-2-4-5: CHESSSSIMPAAAATICA!

2: Io penso che il tradimento, in certi casi, serva a cementare il rapporto.

3: Cementare nel senso di ricoprire di cemento?

4: Io, uno come tuo fratello, lo cementerei nella colonna in salotto.

5: Se tuo fratello fosse mio marito, gli regalerei due scarponcini di granito da indossare in fondo al lago e poi direi in giro che il mio matrimonio è costruito su solide basi.

3: Sei sicura che tuo marito non sia come mio fratello?

5: No che non sono sicura: e infatti gli scarponcini di granito li tengo pronti nella scarpiera, ma non li chiamo scarponcini, li chiamo *dissuasori*.

1-2-3-4: CHESSSSIMPAAAATICA!

3: Mio fratello è stato un errore: mia madre avrebbe voluto solo figlie femmine.

4: Si vede che prima di trombare con tuo padre, ha mangiato tonno e melone.

1: Perché: se mangi tonno e melone, ti vengono figli maschi?

4: È scientifico.

1: A me il tonno e i meloni piacciono, ma non li digerisco.

4: Appunto: anche i maschi ti piacciono, ma non li digerisci.

1: Effettivamente, i maschi finché sono piccoli fanno tenerezza...

5: Anche i coccodrilli da piccoli fanno tenerezza!

1-2-3-4-5: CHESSSSIMPAAAATICHE!

Il paradiso può attendere

Lei: Io a Berlusconi vorrei che gli andasse tutto storto.
Amica: Anch'io.
Lei: Sai però qual è la sfiga?
Amica: No.
Lei: Berlusconi è della bilancia.
Amica: E allora?
Lei: Anch'io sono della bilancia!

Apocalypse now

Lui: Bambini, ditemi il nome della capitale dell'Honduras?
Lei: Amore, sono ancora piccoli...
Lui: Cosa vuol dire? Metti che l'Honduras ci invada...
Lei: Bambini, papy ha ragione: quando l'Honduras attaccherà l'Italia, se voi saprete il nome della capitale, sarete avvantaggiati. E per favore non fate domande!

Ultimo tango a Parigi

Lui: Perché lo fai con il latte, il pollo al latte?
Lei: Perché non ti fai i fatti tuoi?
Lui: Volevo solo aiutarti.
Lei: Mi aiuti di più se vai a leggere il giornale.
Lui: Se il pollo al latte lo fai con il soffritto diventa troppo pesante.
Lei: Tu senza soffritto sei pesante lo stesso.
Lui: Accipicchia come sei acida... scusa, non parlo più.

Lei: Me ne farò una ragione.

Lui: Sai che se aggiungi una fettina di mela renetta è più buono?

Lei: Sai che se non la aggiungo non se ne accorge nessuno?

Lui: Io sì!

Lei: Vorrà dire che tu mangerai qualcos'altro.

Lui: A me piace il tuo pollo al latte, però certe volte è un po' insipido...

Lei: Se lo mangi con le mani è più saporito. Se poi non te le lavi è anche speziato.

Lui: Se ci metti il latte, non posso mangiarlo con le mani.

Lei: Se non ci metto il latte, non si chiama pollo al latte.

Lui: Perché non ci metti un po' di curry?

Lei: Perché lo sto facendo al latte e perché il curry non ce l'ho.

Lui: Dovresti sempre tenere un po' di curry di scorta.

Lei: Vuoi il pollo al curry?

Lui: Mi piacerebbe.

Lei: La rosticceria all'angolo lo fa buonissimo.

Lui: Ma io preferisco quello che mi fai tu.

Lei: E allora lasciami cucinare e stai muto.

Lui: Lo fai al latte o al curry?

Lei: ...

Lui: No, lo sai che a me va bene tutto e non mi lamento mai... Idea! E se facessimo il pollo alle mandorle?

Lei: Parli al plurale perché vuoi cucinare tu?

Lui: No, no! Hai cominciato tu. Io ti aiuto.

Lei: Non voglio aiuti. Oggi cucino io. Grazie.

Lui: Allora il pollo me lo fai alle mandorle, al curry o al latte?

Lei: Sempre al latte. Come all'inizio. Altri ingredienti non sono previsti.

Lui: E il pollo con le olive ti piace?

Lei: No!

Lui: A me sì. Voglio dire: mi piacerebbe se ci fossero le olive.

Lei: Già.

Lui: Peccato che le olive non ci sono, vero?

Lei: Peccato.

Lui: Dovremmo tenere in dispensa olive, mandorle e curry.

Lei: Dovremmo.

Lui: Certo anche il pollo alla cacciatora non era male.

Lei: Vuoi che teniamo un cacciatore in dispensa o preferisci un killer?

Lui: E il pollo in agrodolce ti piace? A me fa schifo.

Lei: Peccato perché avevo un sacco di agrodolci in dispensa.

Lui: Ah, ah... Quanto a umorismo sei in forma, eh!

Lei: Tu invece non sei in forma per niente.

Lui: Parli dello humour?

Lei: No!

Lui: Uffa!... Perché non fai una ricetta del *Talismano della felicità*?

Lei: Perché il pollo al latte lo so fare senza bisogno del libro di ricette.

Lui: E il pollo alla birra, lo sai fare?

Lei: Se mentre faccio il pollo al latte mi faccio una birra, lo so fare.

Lui: Sai che a furia di bere birra diventi alcolizzata?

Lei: Magari, così con la scusa di disintossicarmi prendo ferie da te.

Lui: Potevi farlo anche alla diavola, il pollo; oppure al Madera.

Lei: In dispensa non ho diavoli di Matera.

Lui: Madera non Matera. È un vino da dessert che si usa per cucinare.

Lei: Grazie per l'informazione. Ora lo so.

Lui: Idea! Facciamo un esperimento: prova il pollo con l'Alchermes. A meno che per te Alchermes non sia uno dei quattro moschettieri: Athos, Porthos, Alchermes e d'Artagnan.

Lei: Fottiti.

Lui: Anche il pollo al tartufo non mi sarebbe dispiaciuto.

Lei: Fottiti.

Lui: E comunque tartufo non ce n'è.

Lei: Fottiti.

Lui: E neanche peperoni, naturalmente.

Lei: Fottiti.

Lui: Galantina di pollo?

Lei: Ho detto che faccio il pollo al latte!

Lui: ... al limone?

Lei: Al latte.

Lui: ... all'arancia?

Lei: Latte.

Lui: ... alla piastra?

Lei: Fottiti.

Lui: ... fritto?

Lei: Fottiti.

Lui: ... arrosto?

Lei: Fottiti.

Lui: ... in casseruola?

Lei: Fottiti.

Lui: Pollo lesso?

Lei: Fottiti.

Lui: Ma non te ne va bene una!

Lei: Fottiti.

Lui: Quando cucini sembri Flo, la moglie di Andy Capp.

Lei: Fuck you, pet!

Multa su multa

Quante coppie abbiamo visto discutere animatamente in macchina? Attraverso il vetro che ne protegge la privacy possiamo immaginare gli argomenti che animano quel gesticolare scomposto. Le bocche, che si muovono veloci come nei cartoni animati giapponesi, potrebbero parlare di tutto: di politica, di religione e sesso, di filosofia e morte, del figlio depresso, del vicino litigioso, dell'amante dell'amico, dell'affitto scaduto, dell'amore finito...

O più semplicemente, il conducente ce l'ha su con la macchina che gli ha appena tagliato la strada e il copilota gli ricorda che, solo un attimo prima, lui stesso è uscito dal parcheggio senza mettere la freccia: lo specchietto retrovisore ha rilevato chiaramente il tamponamento a catena provocato. Di solito costringere un pilota al *mea culpa* inasprisce il conflitto all'interno dell'autovettura.

Mio marito, quando subisce un torto in macchina, s'indigna come se lui mai avesse trasgredito il codice della strada. In quei momenti io adotto la seguente tattica: prevengo i suoi improperi contro il colpevole dell'incauta manovra, scagliandomici contro per prima. «Ma guarda quel cretino...» urlo scandalizzata. A quel punto, mio marito automaticamente si seda sentendosi in dovere di mostrarsi indulgente: «Calmati cara, in fondo quel poveretto non ha fatto nulla di grave, era solo distratto. Può succedere a tutti!». È vero che, visti da fuori, io sembro l'isterica e lui il povero marito comprensivo e tollerante, ma io mi immolo per una giusta causa: in fondo meglio passarci per pazza che fargli rischiare un cric in testa. A volte i piloti di autovetture sono così suscettibili!

La mia strategia funziona sempre. Gli uomini sono anime semplici, hanno psicologie non evolute, provare per credere. Ma voglio essere generosa e fare autocritica: non è questione di genere, i ruoli sono intercambiabili perché è inevitabile che chiunque, guidando, prima o poi faccia una cazzata. Per esempio: tutti, almeno una volta, abbiamo posteggiato sulla fermata dell'autobus, o per fretta abbiamo invaso la corsia degli autobus, o abbiamo superato l'autobus alla fermata rischiando di investire incauti pedoni. Se paradossalmente, tanto per cominciare, si eliminassero gli autobus, noi piloti con la patente prenderemmo meno multe!

Nel lontano 2004, un vigile malfidato accusò mio marito di non possedere la patente. Lui, che l'aveva solo dimenticata a casa, virilmente ammise l'errore, pagò una simbolica ammenda di trenta euro e spergiurò che, essendo *uomo molto preciso*, il giorno stesso avrebbe portato al comando più vicino la propria patente per essere scagionato dall'ingiusta accusa.

Aspettando l'arrivo dell'*uomo preciso*, i vigili di quel comando fecero la muffa.

Per pagare quella vecchia multa del 2004 – che negli anni si era trasformata in estorsione, arrivandoci a casa con un sovrapprezzo di duemila e passa euro – la mattina stessa mio marito mi costringeva a una gita al comando di polizia. Una svista capita a tutti, non voglio dire di no, ma quando ci fu recapitata la cartella esattoriale con la penale aggiuntiva, il mio cervello, master in economia domestica, in un baleno produsse, girò e distribuì il sequel di *American Gigolo*.

Gli ex amanti Lauren Hutton e Richard Gere erano ormai sposati da anni. Lui aveva preso una multa. Lei andava a trovarlo in carcere.

La scena madre, come nel primo film, si svolgeva in parlatorio.

Mio marito, uguale a Richard Gere ma vent'anni dopo, poggiando la fronte sul vetro che lo divideva dalla moglie e dalla libertà, piangeva disperato.

Io, bellissima come la Hutton di allora, poggiavo la mia mano sullo spesso vetro antisfondamento che ci divideva.

La scena si compiva in un dialogo ridotto all'essenziale ma ricco di significati.

Lui, fra le lacrime: «Aiutami!».

Io, con un sospiro: «Io te l'avevo detto».

Seguiva ergastolo.

THE END.

La mattina stessa eravamo entrambi all'ufficio esattoriale dei vigili. Seduti in sala d'attesa, aspettavamo diligentemente in coda l'apparizione del nostro numero sul display.

Per ingraziarsi un qualsiasi funzionario di pubblico

ufficio, è da sempre buona norma sorridere, soprattutto all'usciere che di solito è la figura pubblica più autorevole: l'unico che ha il potere di suggerirti l'ufficio al piano giusto, evitandoti lunghe spiegazioni al funzionario sbagliato, l'unico che, se vuole, mette il tuo fascicolo sopra gli altri, facendoti saltare interminabili code. Di solito è anche l'unico che da piccolo era vicino di casa del cugino di tua nonna e sa cose di te e della tua famiglia che non vorresti fossero rese note, specialmente a una coda di gente che aspetta di pagare una multa.

L'usciere di quell'esattoria non differiva dai normali uscieri e ci indicò l'ufficio giusto perché io ero smodatamente affabile. Purtroppo non ci fece saltare la coda anche se, a voce altissima, ci aveva ricordato la sua antica conoscenza dei fatti di famiglia perché da piccolo era vicino di casa del cugino di una qualche nonna e sapeva tutto di noi. Anzi, forse non ci fece saltare la coda proprio per quel motivo.

Oltre al languore dei miei dolci occhioni, che sfoggio involontariamente perché sono una femmina molto seduttiva, quella mattina indossavo il mio sorriso più accattivante, quasi un'emiparesi, da regalare al funzionario miglior offerente. Avevo incollato gli zigomi alle tempie e tirato le labbra da orecchio a orecchio, in modo che i denti rimanessero scoperti in segno di incolpevole serenità. Casomai il sorriso non fosse stato sufficiente, mescolai la mia prorompente sensualità da affascinante pluriventenne, con un abbigliamento da innocente teenager. Indossai perciò un romantico abitino a *volant*, con pizzetti e perline, fiocchetti e fiorellini, stelline e cuoricini, e un profondo spacco sul culo. Ai piedi avevo un'innocentissima ballerina rosa di strass con la zeppa. Insomma, ero sexy come la Lolita di Nabokov interpretata da Renato Zero.

Mio marito invece, giocava d'attacco. Altro che occhioni sgranati e sorriso posticcio, lui impersonava la vittima innocente di un colossale errore giudiziario: quella mattina era il simbolo di tutte le umane ingiustizie.

Era un redivivo Dreyfus inopinatamente convocato dai vigili. Piuttosto che corrompere l'usciere con un ruffiano sorriso, egli avrebbe preferito pagare il doppio per l'iniqua multa, affrontando gli sgherri a testa alta, senza cedere a qualsivoglia debolezza, senza ammorbidire quel suo fiero e virile piglio combattente.

L'*innocente Dreyfus* quella mattina era serioso come un becchino motivato. Seduto in attesa del suo turno, preparava mentalmente l'autodifesa da spiattellare all'esattore: una sua personalissima rivisitazione del *J'Accuse* di antica memoria, contro le istituzioni, lo Stato e le ingiustizie del mondo.

Dopo cinquanta minuti, sul display lampeggiò il nostro numero. Senza raccomandazioni, toccava legalmente a noi.

Seguii mio marito dal funzionario preposto pensando: «A furia di sorridere ho le labbra talmente disidratate che mi si sono incollate alle gengive. Meno male che non ho dovuto chiudere la bocca di botto per proteggermi, *chessò...* da un'invasione di moscerini! Avrei perso sangue a litri, come quando vado dal dentista: mica sanguino per il trapano. Sanguino perché sto lì due ore e alla fine torno a casa con la bocca ancora aperta, perché non mi ricordo più come si fa a chiuderla!».

Mentre svolazzavo tra i miei pensieri, l'*innocente Dreyfus*, ispirandosi a Émile Zola, aveva iniziato il suo *J'Accuse*: «Signor Funzionario dell'Ufficio Esattoriale, fate che la

Storia non vi descriva come complice di un crimine sociale. Fin dal Pleistocene, l'uomo dovette imporre regole al vivere comune...». Il Dreyfus degli automobilisti era partito da lontano: forse mi sarebbe toccato restare in modalità-sorriso più a lungo del previsto. Continuava: «A suo tempo io ero ovviamente in possesso di regolare patente vidimata. M'impegnai col vigile di turno a fornirne le prove con estrema sollecitudine. È a voi, Signor Esattore, che io griderò la verità, con tutta la forza della mia rivolta di uomo onesto. Purtroppo quel giorno non mi fu possibile recarmi al comando dei vigili perché: una grave malattia mi colpì, mia moglie partorì, la mia anziana madre morì... mi rapirono gli alieni!».

L'anziano esattore, avvezzo alle balle cosmiche, aveva abbassato gli spessi occhiali e, distolto il miope sguardo dal Dreyfus degli automobilisti, era passato a osservare me. Forse tratto in inganno dal mio abbigliamento sbarbino, o realmente sedotto dalla mia intrigante malizia – misto d'ingenuità ed esperienza – in una mattina che inizialmente gli era sembrata uguale alle altre, mi puntò le sbiadite, acquose pupille addosso. Proprio in quel momento io, reduce dal sorriso forzato, m'inumidivo le labbra con la lingua per staccarle dalle gengive senza orribili spargimenti di sangue.

Equivocando le mie intenzioni, l'esattore sedotto si lasciava andare a un apprezzamento che, se fossi stata sola, mi sarebbe suonato lusinghiero: «Che bella creatura... è sua figlia?» disse a mio marito sbavando.

«No, è Renato Zero vestito da zoccola!» disse mio marito schiumando.

Accecato dalla gelosia, dimenticava di essere l'innocente Dreyfus per trasformarsi nel colpevole Al Capone versione De Niro e sostituiva il famoso «chiacchiere e distintivo» con un «'fanculo» che Al Capone non avrebbe mai detto neppure all'usciere pettegolo.

Al Capone non riconobbe all'anziano esattore neppure l'attenuante della forte miopia e si arrabbiò: forse perché, nonostante siamo coetanei, io sono apparentemente più giovane, ma più probabilmente si offese per la mancanza di interesse verso la sua erudita arringa.

Il *J'Accuse* di Zola e *l'Affaire Dreyfus* erano tornati a essere un problema del secolo scorso, non scomodabili né per una multa da duemila e passa euro né tantomeno per un esattore in età pensionabile, ignorante e miope.

NOTA BENE: Con quel «'fanculo» il *deficiente di self-control* si giocò in un colpo solo:

1 - lo sconto sulla multa, provocandone d'ufficio l'automatico raddoppio;

2 - la possibilità di fare una comparsata nel remake di *The Untouchables*;

3 - la parentela con l'usciere che, vergognandosi, ci ripudiò pubblicamente.

NOTA BENE BENE: Usciti dall'ufficio esattoriale, sul parabrezza della macchina trovammo una contravvenzione per mancata esposizione del tagliando assicurativo.

L'uomo preciso si perquisì le tasche alla ricerca del foglietto perduto. Ne cavò nell'ordine: l'indimenticabile pesantissima chiave con boccia di un hotel di Cortemaggiore, un pacchetto mezzo vuoto di Ringo sbriciolati, otto monetine di vario taglio, un bottone, un fazzoletto usato di fresco

e un numero di telefono *non mio*. Infine, sottoforma di
purè spappolato da mesi di lavaggi a sessanta gradi, una
banconota presumibilmente del secolo scorso e i poveri
resti di quella che fu un'assicurazione auto.

In silenzio ricompose con precisione da archeologo i
frammenti del prezioso reperto, testimonianza di un'antica civiltà denominata *Assicurazioni Generali*, e con uno
spintone mi spedì all'ufficio postale.

Caracollante sulle mie zeppe di strass, mi avviai a
saldare il suo nuovo debito con la giustizia.

Gioconda femminista

Oggi ho un po' di tempo per riflettere

Una recente ricerca, condotta dalla Rutgers University del New Jersey, dimostra che le coppie in cui lei è femminista sono più romantiche, durano più a lungo e fanno sesso di miglior qualità.

Chi l'avrebbe mai detto? Essere femminista ha sempre avuto nel maschio sentire un che di negativo, di violento, di isterico, di peloso. Fatemi capire: questa ricerca dice che se voglio che il mio matrimonio duri in eterno devo essere femminista? Ma io sono femminista da quando sono nata. Non posso non esserlo, sono una donna! Quindi posso essere più incisiva senza per questo sentirmi troppo ruvida. E pensare che io mi limitavo a dargli del *deficiente*. Dopo tanti anni di matrimonio, fidanzamento e vita varia insieme, non sarà che se continuo a essere docile come sono, lui decide che ne vuole una più arrabbiata?

Dalla ricerca americana si evince che più noi donne-sottomesse siamo morbide dicendo sempre «Sì, amore», più loro pene-dotati diventano prepotenti. Questo significa che più noi diciamo «No, amore», più loro sbavano remissivi? Sai che novità, anche da ragazzina funzionava così.

Io ricordo benissimo nomi, cognomi e pure indirizzi di tutti i fidanzati che dicendo «No, amore» mi hanno mollata procurandomi indicibili sofferenze, e più mi respingevano più io struggendomi li amavo; per lo stesso meccanismo, ricordo a stento la faccia di quelli che ho mollato io. Ho speranza, però, che almeno questi ultimi abbiano di me l'immagine di una dark lady bellissima, volitiva e crudele. Da sempre io sostengo la tesi che solo attraverso la sofferenza c'è comprensione e crescita: quelli che mi hanno fatto soffrire, mi hanno aiutato a crescere... e a comprendere quanto poco valesse la pena soffrire per loro! Non ci voleva tanto studio. Mia nonna non si definiva ancora femminista ma, a ogni mio singhiozzo, sintetizzando suggeriva: «Se lo insegui ti sfugge, se lo sfuggi t'insegue!».

Se, come dicono gli americani, io applicassi con mio marito il teorema di mia nonna, la nostra unione sarebbe più romantica, durerebbe più a lungo e si scoperebbe di più.

Di più?... Oh no!

Mumble, mumble...

Chissà perché dopo tanti secoli di attrazione fatale, il testosterone di mio marito non accenna a calare? Per carità, non me lo auguro anzi, sono felice di essere la sua sex machine, però... mumble... a volte penso che tutta questa attrazione così manifesta sia in realtà fumo negli occhi per nascondere una qualche relazione extraconiugale... *Smoke gets in my eyes...* lui gioca a fare il seduttivo-sedotto così io, ritenendolo sempre ammaliato dal mio charme, mai annuserò aria di scappatella.

Ora che ci penso: ultimamente la mia metà, che come corporatura è esattamente il mio doppio, ha abbandonato l'antiquato cotone a costine delle mutande Cagi, per passare al moderno rasatello delle Sloggi. Sostiene che nelle Sloggi l'elastico è più morbido e non gli impreziosisce di bassorilievi il giro coscia. Io gli credo. Non sono mica diffidente io. Però, come Miss Marple, sono un'acuta osservatrice della natura umana e penso: «... mumble... il passaggio dalla vecchia Cagi alla giovanile Sloggi non sarà il segno inequivocabile che il fedifrago ha un'altra? Magari più giovane di me! *Sloggi in my eyes...* Urge indagare... mumble...».

In fondo, dal secolo scorso cosa è cambiato? Il pensiero che allora guidava gli uomini nella relazione con l'altro sesso era: «L'uso non consuma».

Il pensiero che li guida oggi è: «Dentro o fuori, che differenza fa?».

Continuo a riflettere perché ho tempo

Ultimamente sto sperimentando il potere del broncio. Con il termine «broncio», che qui uso in modo inappropriato, voglio semplicemente dire che da qualche tempo ho smesso di mostrarmi con lui amabile, accogliente, ebete in ogni occasione. Ho smesso quel sorriso a trentadue denti che significa: «Ma come sei bravo. Sei il più bravo!» detto col tono di voce che uso indifferentemente con il mio cane di quattro anni, con mio figlio di sette e con mio marito di quarantasette.

Dato che il mio doppio è abituato a vedere la sua metà sempre dolce e sorridente, basta che per una volta la mia bocca sia solo una fessura orizzontale senza pieghe all'insù, che il pene-dotato mi percepisce arrabbiata. Più io tengo il broncio, più lui diventa premuroso, attento, fastidiosamente melenso. Il bello è che io non ho alcun motivo particolare per essere imbronciata, ma evidentemente lui pensa di sì... *Sloggi in my eyes...*

Ho ancora un sacco di tempo per riflettere

Dire «No, amore!» è femminile o femminista?

Io non ne farei una questione di desinenza. Penso che la cosa importante sia la radice della parola, perché è sulla radice che poggia l'intera pianta. FEMMIN- con poi -ILE, -ISTA, -UCCIA, o semplicemente -A, poco cambia. Per esempio, quando tengo la faccia in posizione broncio io mi sento FEMMINOLENTA, cioè grondante tutte le caratteristiche proprie dell'essere femmina. Il broncio è per me una faccia neutra, né sorridente né corrucciata, solo neutra. Tanto neutra da sembrare misteriosa. Tanto neutra che l'interpretazione dell'espressione dipende dallo stato d'animo di chi osserva. Neutra come la *Gioconda*.

Ci sono: la Gioconda era femminista e al contempo

femminile, femminolenta, grondante femminitudine, beatitudine dell'essere femmina.

Mio figlio grande sostiene che Leonardo abbia dipinto la Gioconda in primo piano perché la donna ritratta aveva le *gambe a banana* e che, se il dipinto fosse stato a figura intera, nonostante le lunghe vesti dell'epoca, le *gambe a banana* avrebbero attratto l'attenzione dello spettatore distraendolo dall'enigmatico sorriso. Io invece tendo a dar credito all'ipotesi di molti studiosi che propendono per l'autoritratto, aggiungo quindi che il dipinto è in primo piano non per le *gambe a banana*, ma perché Gioconda, rappresentando Leonardo da Vinci, ci offre il lato femminile del pittore. Perciò non mi stupisce affatto che il da Vinci, il più grande genio di tutti i tempi, fosse anche femmineo. Il ragionamento non è facile da seguire ma, anche se non di immediata comprensione, ha una sua logica. E poi sto usando il cervello da almeno quindici minuti, perciò se la stanchezza mi confonde è comprensibile.

Mumble...

Ogni uomo ha un lato femminile. Ogni donna ha un lato maschile.

Il mio medico curante, non perché è una donna ma perché lo dice la scienza, mi ha confermato che in proporzione abbiamo più testosterone in corpo noi donne, di quanto progesterone abbiano in corpo gli uomini. Non ho più dubbi: oltre all'invidia del gambetto (XX vs. XY) il maschio ha pure l'invidia del progestinico.

145

Se è vero che il testosterone contribuisce ad aumentare l'aggressività, io che sono tanto mansueta devo averne proprio pochetto. Mentre, se è vero che il progesterone rende docili e materni, di quello è *il mio doppio* ad averne pochetto, anche se si vanta di avere un lato femminile molto spiccato. Io non lo contraddico perché mi fa piacere sentirgli riconoscere il bello dell'essere femmina, ma fra me e me penso: gli piacerebbe, ma di femminile lui non avrebbe l'unghia del dito mignolo, neppure se la tingesse con lo smalto! Non ho mai visto un maschio così maschio in tutta la mia carriera e non parlo dal punto di vista sessuale: parlo di quella sua tendenza a rompere le scatole sempre e comunque. L'esubero di testosterone che il *deficiente di progesterone* ha in corpo, si manifesta in tutto il suo essere e senza assunzione di alcun tipo di anabolizzante. I suoi anabolizzanti preferiti sono: il brasato al barolo, il bue muschiato con patate e il rognone trifolato in salsa di lardo.

Studi recenti sfatano la teoria secondo la quale l'aggressività è dovuta al testosterone dimostrando, invece, che l'indice di aggressività varia di pari passo con l'indice di massa corporea e di colesterolo. Quindi questi risultati trovano in mio marito ampia conferma: non è il testosterone a renderlo tonico, ma il giro vita. Tutto questo per dire che, dopo il matrimonio, il maschio aumenta irrimediabilmente di peso e, finché non dimagrisce, mi vede in cartolina. E così ho dimostrato, senza invasivi esami del sangue e inutili calcoli ormonali, che il mio livello di progesterone è molto alto, ed è per questo che io sono così femminilmente rompicoglioni!

Ricapitoliamo...

L'assunto della ricerca americana è FEMMINISMO = ROMAN-
TICISMO = SESSO. Se sono sempre sorridente e accondiscendente lui si scoccia, mentre, se mantengo l'espressione del
viso sulla modalità neutra tipo Gioconda, il maschio non
abituato a vedermi seriosa, per una reazione chimica invo-
lontaria, aumenta il livello di progestinici nel sangue diventando automaticamente dolce e affettuoso. A quel punto
io posso decidere di fare *paciuccia* nel modo romantico che
piace a me: dove *paciuccia* sta per coccole, anche sessuali...
e dopo una bella rissa il sesso ha un suo perché. Ovvio che
l'assunto lite-sesso è generico e banale e sicuramente la mia
è una sintesi troppo riduttiva di tutta la ricerca, ma stringi
stringi è lì che si arriva, quindi se gli americani telefonavano
a mia nonna, risparmiavano tempo e denaro!

... E finalmente è arrivato il mio turno allo sportello

Che fatica stare quaranta minuti in coda alle poste per
pagare le multe di mio marito: mancata esposizione di
tagliando assicurativo e servizio fotografico scattato dagli
autovelox di tutta Italia.

Quaranta minuti in piedi sulle mie ballerine con la
zeppa di strass: praticamente una via crucis dall'ingresso
allo sportello. Però la sofferenza del corpo e l'altezza
delle zeppe hanno aiutato la mia mente nella meditazio-
ne, elevando il mio spirito sopra le cose e il mio corpo
sopra le teste e si sa che se allontani il punto di vista, tutti
i problemi diventano piccoli e di poco conto.

NOTA BENE: Fare la coda alle poste lascia un sacco di tempo per pensare e dopo tutte queste elucubrazioni mi fumano il cervello e i piedi.

NOTA BENE BENE: Fortunatamente il resto della giornata potrò rilassarmi stirando una montagna di calzini e mutande Sloggi Extralarge.

Aperitivo in Riviera

Di quando il marito gioca a fare il fidanzato

«Amooore, e se stasera andassimo a prenderci un aperitivo in Riviera, io e te *soli*?»

Di solito questa allettante proposta gli esce a fine marzo, quando le giornate si allungano e l'aria è ancora fresca ma non più gelida.

In queste sere di prima-primavera-vera, al tramonto, il cielo è di un azzurro che a mio marito piace tanto. Quel bel punto di azzurro tipo maglia della Sampdoria sudata dopo una vittoria in Coppa, dove le righe bianco-nero-rosse interpretano il sole che tramonta. Ecco, l'azzurro blucerchiato dell'imbrunire di fine marzo rende mio marito romantico, lo predispone all'amore e gli risveglia il testosterone, per i miei gusti mai abbastanza intorpidito dal freddo invernale, perché a lui tutto va in letargo tranne la libido. Non voglio dire che i suoi esuberi ormonali mi dispiacciano, anzi mi considero fortunata se dopo tanti anni, scherzando mi minaccia: «Stai attenta, che se fai troppo la ritrosa mi rivolgo a una professionista».

A parte il sapore ottocentesco del *fare la ritrosa*, trovo moderna la definizione *professionista*. Suonerebbe molto più cruda la frase: «Se non me la sganci vado a troie». Ma anche se nella sostanza il significato è lo stesso, la versione di mio marito mi fa ridere e gli sono grata per la delicatezza che mi riserva.

In una sera di inizio primavera, dicevo, ci sbarazziamo dei bambini trasferendoli temporaneamente dalla nonna con la scusa di un'improvvisa riunione dal commercialista. Il giorno in cui i due innocenti scopriranno che i commercialisti difficilmente ricevono dopo le otto di sera sarà un brutto giorno, ma sarà ancora più brutto quando lo scoprirà la nonna.

L'auto è indispensabile per il trasloco perché, come Hänsel e Gretel, i due pargoli diffidenti vanno dalla nonna con un set di zainetti pieni di Game Boy e briciole, in caso mamma e papà non facciano ritorno.

Parcheggiata l'auto, finalmente la basculante del garage si spalanca sulla nostra Vespa che, nonostante l'età avanzata, parte al primo colpo di tosse e senza spinte.

Stasera, dopo mille anni di matrimonio, con quell'andare rotondo da sedicenne delle pubblicità, mio marito mi porta in Riviera in motoretta.

Se non fosse che noi siamo in Liguria e loro erano a Roma, sembreremmo Gregory Peck e Audrey Hepburn: la Vespa è identica.

Il mio Gregory va come piace a me, senza fretta con l'aria del nullafacente-felice-fidanzato-da-poco, mentre le macchine dietro strombazzano invidiose perché loro sì che devono correre dal commercialista.

Andiamo così piano che dopo venti minuti siamo a soli

due chilometri da casa. Io, seduta dietro, sono ibernata perché a primavera mi sembrava più che sufficiente il giubbottino di jeans che fa tanto teenager. Mio marito dice che col giubbottino di jeans, se non mi tolgo il casco, la do ancora a bere... Non ho capito se è un complimento. Devo rifletterci su, ma ho così freddo che anche il cervello è ibernato.

Pare brutto interrompere la magia di questo momento, ma rischio: «Amor mio, ti spiace se torniamo un attimo a casa? Vorrei mettermi qualcosa di più pesante». Il cielo blucerchiato, che ben lo predispone, attutisce la reazione del *fidanzato-marito* che stasera stranamente non *defice* di comprensione: «Ma certo, tesoro. Anche io sono vestito un po' leggerino. Siamo a primavera ma fa freschetto, eh!». Non l'ha detto, ma io che lo conosco mi domando: «Chissà se col freddo pure a Gregory Peck veniva la colite?». Mi sembrava strano che fosse così accondiscendente.

Il mio Gregory scatena la monocilindrica verso casa e in tre secondi planiamo nel portone.

Abbandonati i giubbotti da teenager, quando risaliamo in moto non siamo più Gregory e Audrey in vacanza a Roma, ma Totò e Peppino in gita a Milano!

L'andatura della motoretta, che prima era morbidamente rotonda, adesso è spigolosamente a zig-zag, perché il colbacco che il mio Totò si è messo sotto il casco fa volume e gli provoca una forte labirintite che sbilancia l'equilibrio.

Fra l'odore canforato dei colli di lapin, a fatica si distingue il fresco profumo della primavera; del buon odore di salatini tiepidi dell'aperitivo, neppure un soffio.

Sono già le nove di sera. Io, avvinghiata a lui, comincio a sbarellare dalla fame. Lui *felice* canta. Sembra Ninetto Davoli quando faceva il panettiere della pubblicità. Carezzandomi la coscia urla: «AMOOOORE». Fra il rumore della moto, il casco, il paraorecchie a pon pon e quell'inizio di sordità, se non urla non sento. «DOBBIAMO FARLO PIÙ SPESSO...»

«DOBBIAMO FARE PIÙ SPESSO... COOOSA?» urlo io terrorizzata pensando al ricatto della professionista.

«DOBBIAMO USCIRE PIÙ SPESSO LA SERA, TU E IO, SOLI!» dice lui.

«AAAH...» Ero già rassegnata a dover vincere la mia pigrizia sessuale, invece il poverino voleva solo giocare ai fidanzati.

Sono trent'anni che facciamo i fidanzati, e poi gli sposati, a volte i separati in casa, e anche i divorziati malamente. Siamo coinquilini litigiosi che alla fine si fidanzano, o semplici conoscenti che forzatamente convivono. Siamo genitori perfetti ma anche imperfetti, a tratti così così, in sostanza genitori che fanno del loro meglio e comunque sbagliano: ma cacchio com'è difficile fare i genitori. E lui nostalgico che dice: «Quand'ero piccolo io...».

E io che rispondo: «Mi sembra di sentire tuo padre».

«E tu sembri tua madre.»

«'Fanculo!»

«'Fanculo tu, mio padre e tua madre!»

E poi amanti.

Però la favola di me *ritrosa* non mi va giù. Se faccio la *ritrosa* è perché ho la pressione bassa! Forse è proprio questo il motivo per cui ci siamo scelti tanti anni fa. La mia pressione sanguigna è talmente bassa che è un miracolo se sto in piedi. Io, con la minima stazionaria sui cinquanta, dovevo per forza accompagnarmi a un temperamento, diciamo *deflagrante* come il suo. Lui, al contrario, essendo costituzionalmente di pressione smodatamente alta, cosa che lo rende molto, molto *tonico*, poteva stare solo con una donna dalla reattività rallentata come la mia.

Nell'assoluta diversità, i nostri caratteri si completano totalmente. Lui è pacato come uno scimpanzé nella centrifuga e io sono esuberante come una lucertola morta.

Anche per molti altri aspetti il nostro rapporto è complementare: io amo la montagna che mi alza la pressione, lui oltre il quarto piano rischia l'infarto.

Lui vivrebbe di sushi. Io odio il pesce, specie se crudo e morto.

Lui mangerebbe solo insalatine di campo, io prediligo timballi, polpettoni e soufflè ammalloppati da litri di besciamella; ma questa è teoria, perché nella pratica mangiamo entrambi stinco di maiale con polenta e finferli. La differenza è che io digerisco e lui no.

Io amo dormire con le tapparelle serrate, le persiane oscurate, la mascherina da volo intercontinentale, coccolata da un manto di buio assoluto. Lui, che ha paura del buio perché sente le presenze, anche in pieno inverno, prima di dormire, spalanca la finestra e poi telefona al comune perché i lampioni della via sottostante fanno una luce troppo fioca. Detto per inciso, con la luce accecante di quei lampioni, nella nostra via potrebbe atterrarci lo Shuttle prendendo la mira da fuori atmosfera.

Io vorrei vivere in una casetta nido, intima e senza

fronzoli: essenziale. Lui vorrebbe gli spazi di un palasport arredato a trine e merletti come Versailles. Il compromesso è che viviamo in un condominio con il riscaldamento centralizzato.

Per me siamo nati per soffrire, perché la vita è un passaggio di purificazione per raggiungere la felicità. Per lui la felicità è un passaggio in cabriolet per raggiungere il mare.

Per me viene sempre prima il dovere e solo dopo il piacere. Per lui «... E se mollassimo tutto e andassimo a farci un bagno?».

Il mio senso del dovere mi impedisce di sedermi.

Il suo senso del dovere gli sconsiglia di alzarsi.

Io pondero, valuto, pianifico e, perennemente in bilico fra due scelte, prendo una decisione all'anno. Lui decide nel tempo di un'intuizione e ogni volta sceglie anche per me.

Per lui tutto è: o bianco abbagliante o nero impenetrabile. Io invece vivo in una confusione di grigi con sfumature indaco, vermiglio, carminio, ciano, magenta, terra d'ombra e cadmio: cioè tutte quelle sfumature di colori che nessuno conosce e quindi nessuno capisce di che colore parlo. Tantomeno io.

Io non butto via niente. Non ricordo la fine di un film. Non memorizzo l'epilogo di un libro. Non sopporto la chiusura di un teatro ma neanche l'orario di chiusura di un supermercato. Io non sopravvivo a una porta sbattuta. Tutto ciò che ha a che fare col concetto di fine, morte, o anche solo cambiamento mi annienta. Lui decide di chiudere un capitolo della sua vita e aprire quello successivo con la stessa velocità con cui butta lo yogurt scaduto. A volte butta lo yogurt due giorni prima della scadenza, perché attraverso la trasparenza del vasetto ne ha intuito la deperibilità precoce. O solo perché aprire il frigo e vedere sempre lo stesso vasetto lo annoia.

In questo suo bisogno di cambiamento continuo, non so dare una spiegazione al mio temporaneo perdurare.

Si dice: «Chi si somiglia si piglia». Ma difficilmente posso immaginare due persone con caratteristiche più distanti.

Se però faccio il gioco al contrario, attribuendo a lui ciò che ho attribuito a me e viceversa, ritrovo noi ugualmente; ma forse è solo perché nella mia testa in questo momento la sfumatura cadmio ha il sopravvento e quindi mi sembra tutto vero quanto il suo opposto.

Io vivo coltivando il dubbio. Lui sui dubbi ci coltiva la vita e le rose!

E comunque, sempre di pressione sanguigna si tratta!

In questo momento la mia pressione deve essere bassissima visto che è quasi mezzanotte, siamo partiti da Genova, siamo arrivati a La Spezia e l'aperitivo non l'ho ancora bevuto!

«MA DOVE VUOI ARRIVARE, GREGORY PECK DEL MENGA? A ROMA???»

Ringraziamenti

A mio marito, perché non è la mia metà, ma il mio doppio e insieme facciamo una mela e mezza.

Ai miei figli, perché sono lo scopo della mia vita e sono le ciliegine su questa torta di mele di famiglia.

A Marta Trucco, perché ha dato il via.

A Pasquale La Forgia, perché ha raccolto i miei resti a fine corsa.

A Giovanni Ciullo, perché nel 2006 gli è venuto in mente di telefonarmi e da allora io sono Arial 12.

A Giorgio, perché si è detto onorato e invece ero onorata io.

A Isoletta e Elena, perché hanno continuato a ridere anche dopo essersi riconosciute.

A tutte le mie amiche e conoscenti, perché mi hanno dato un'infinità di spunti e perché siamo ciurma della stessa barca.

A Mauro, perché nonostante sia il mio analista, non vuole la percentuale sulle vendite. Gli basta l'onorario.

A Erica, perché è il mio medico curante... e anche di mio marito.

A tutti quelli che dovrei ringraziare ma mi verranno in mente a libro già stampato.

A Giacomo e Marita, i miei amici coiffeur, «l'unico luogo dove mi sento veramente in vacanza».

Indice

Finito di stampare nel mese di febbraio 2021 presso
Elcograf S.p.A. – Stabilimento di Cles (TN)
Printed in Italy